Susanne Opfermann & Helmbrecht Breinig (Hg.)

Gedichte für eine neue Welt
Kanadische Gegenwartslyrik

neue lyrik
band 96

bibliothek WESTNORDWEST

(Foto: Liz Haslam)

Helmbrecht Breinig ist Professor für Amerikanistik i.R. an der Universität Erlangen-Nürnberg.

Susanne Opfermann ist Professorin für Amerikanistik i.R. an der Goethe-Universität Frankfurt.

Gedichte für eine neue Welt

Kanadische Gegenwartslyrik aus der Ronsdale Press

Herausgegeben und übersetzt von Susanne Opfermann und Helmbrecht Breinig

Leipziger Literaturverlag

Wir danken dem Canada Council for the Arts *für die großzügig Unterstützung dieses Publikationsvorhabens, Ronald Hatch von Ronsdale Press für seine engagierte Mitwirkung bei der Auswahl von Autoren und Texten, und Viktor Kalinke vom Leipziger Literaturverlag für seine Bereitschaft, das Projekt gemeinsam zu realisieren.*

H.B. und S.O.

Canada Council for the Arts Conseil des arts du Canada

We acknowledge the support of the Canada Council for the Arts.

Vorwort

Gedichte für eine neue Welt ist ein Titel, den wir dem Gedichtband *Poems for a New World* der indigenen kanadischen Dichterin Connie Fife entlehnt haben. Er verweist auf die europäische Vorstellung von einer Neuen Welt, auf die Hoffnung auf einen Neuanfang, auf neue gesellschaftliche, ökonomische und kulturelle Möglichkeiten. Er verweist andererseits, ironisch, auf die Kehrseite dieses Neuanfangs: die reale Eroberung der Amerikas, die Unterjochung und weitgehende Vernichtung ihrer indigenen Völker. Dieser Vorgang hat sich auch auf dem Boden des heutigen Kanada vollzogen; seine sozialen und ökologischen Folgen sind noch immer gravierend. Der Titel verweist drittens und vielleicht am wichtigsten auf die Vision von einer besseren Welt für alle Menschen und anderen Lebewesen, und speziell in Kanada den Glauben an eine tolerante und solidarische multikulturelle Gesellschaft. Kanada als das im Vergleich zu den südlich angrenzenden Vereinigten Staaten „bessere Amerika", ohne imperiale Ansprüche und mit einer gerechteren Gesellschaftsordnung, hat viele US-Amerikanerinnen und -Amerikaner zur Emigration nach Norden veranlasst; sie sind auch in diesem Band vertreten.

Das Konzept des Multikulturalismus, des friedlichen und gleichberechtigten Zusammenlebens unterschiedlicher ethnischer und anderer Gruppen in einem gemeinsamen Nationalstaat, wurde vornehmlich in Kanada entwickelt. Es wurde in den 1970er Jahren zur Grundlage des kanadischen politischen Selbstverständnisses erhoben: das ohnehin zweisprachige Land bekennt sich zu seiner Rolle als Aufnahmeort für Immigrantinnen und Immigranten, die neben der indigenen Bevölkerung ihren Platz finden sollen. Dass dies nicht konfliktfrei gelingen konnte und kann, belegen manche Texte in diesem Band. Die

Probleme der Identitätsfindung in einer nicht nur ethnisch, sondern auch nach Genderzugehörigkeit, regionaler Situierung und sozialen Klassen pluralen Gesellschaft ist ein wiederkehrendes Thema kanadischer Literatur. Ein zentraler Konfliktpunkt sind die Rechte der Indigenen gegenüber denen der Immigranten und ihren Nachfahren. Aus diesem Konflikt entspringen weitere, wie die oft desolaten Familien- und Gruppenbeziehungen in den indigenen Reservaten oder bei den Stadtindianern. Solche Themen tauchen auch in den Gedichten dieses Buches auf.

Ein weiteres wichtiges Thema der kanadischen Lyrik ist die Natur des Landes, seine überwältigende Weite, die Härte des subpolaren Winters, die kanadische Tier- und Pflanzenwelt, aber auch deren Bedrohung durch den ökologischen Raubbau, der sich in Kanada seit langem vollzieht. Ein Teil der Autorinnen und Autoren, die hier vorgestellt werden, könnte auch als Naturlyrikerinnen und -lyriker klassifiziert werden. Sie bleiben damit aber auch politische Dichterinnen und Dichter, denn die Erkenntnis, dass selbst die kanadische Natur nicht unerschöpflich und unverletzlich ist, hat der Aufmerksamkeit auf ihre Erscheinungsformen eine weitere Dimension verliehen.

Kanadas Erzählliteratur ist weltbekannt – man denke an die Romane und Kurzgeschichten von Margaret Atwood, Alice Munro oder Michael Ondaatje, um nur einige zu nennen. Die kanadische Lyrik hat weit weniger internationale Aufmerksamkeit erfahren, sieht man von den Gedichten Atwoods ab. Und doch steht sie der Prosaliteratur an formaler Exzellenz und thematischer Tiefe und Vielfalt nicht nach. Seit vielen Jahren hat der kleine, aber angesehene und überaus aktive Literaturverlag Ronsdale Press in Vancouver es sich zur Aufgabe gemacht, Bücher aus dem gesamten literarischen Spektrum Kanadas zu veröffentlichen, darunter zahlreiche Lyrikbände. Die in *Gedichte für eine neue Welt* vorgestellten acht englischsprachigen Autorinnen und Autoren repräsentieren eine Vielfalt von Stilen und literarischen Ansätzen. Sie sind selbst repräsentativ für die multikulturelle kanadische Gesellschaft. Neben Indigenen (First Nations und Métis – ursprünglich Nachfahren von französischen Pelzhändlern und indigenen Frauen) wie Joanne Arnott, Connie Fife und Garry Gottfriedson ist mit Marya Fiamengo eine Dichterin mit kroatischen Wurzeln vertreten, und mit Inge Israel eine in Deutschland geborene jüdische Autorin, Kind russisch-polnischer Eltern. Pamela Porter war US-Amerikanerin, bevor sie nach Kanada emigrierte. Antony Di Nardo wurde im französischsprachigen Montreal geboren und ist sich seiner südeuropäischen Vorfahren bewusst. Den anglo-kanadischen *mainstream* und zugleich das ländliche Kanada vertritt John Donlan. Alle schreiben über Spezifisches, das mit ihrer Herkunft und der Geschichte ihrer Vorfahren zusammenhängt, wie über Allgemeingültiges, das die Gesamtgesellschaft betrifft. Sie schreiben über Beziehungsprobleme, das Geschlechter- und das Generationenverhältnis, aber auch darüber, was es heißt, Lyrik zu schreiben, speziell englischsprachige Lyrik in Auseinandersetzung mit anderen Herkunftssprachen (die gelegentlich einfließen). Sie alle repräsentieren die kanadische Gegenwartsdichtung als eine Beschäftigung mit den Gegebenheiten, Gefahren und Chancen einer kanadischen „neuen Welt".

Wir haben versucht, uns den unterschiedlichen Formprinzipien der Autorinnen und Autoren anzunähern. Hieraus erklärt sich die wechselnde Groß-Kleinschreibung und Zeichensetzung im Deutschen.

Helmbrecht Breinig, Susanne Opfermann

Connie Fife

Old Friends

blue sky
memory washed across the horizon

a piecing together of someone's past
heat below

my feet slithered over wet stone
onto the tongue of a thirsty ocean

raven sauntered past me
a reminder to smile
at the thought of you

vancouver island, september 1999

Alte Freunde

blauer himmel
erinnerung schwappte über den horizont

ein zusammenstückeln von jemandes vergangenheit
hitze unten

meine füße schlitterten über nassen stein
auf die zunge eines durstigen ozeans

rabe spazierte an mir vorbei
eine mahnung zu lächeln
beim gedanken an dich

vancouver island, september 1999

Touching Down

A photograph falls to the ground
at two years, laughter in your eyes reminded me I was alive
at nineteen a glint shines as you write a poem.
Your humour cut through the telephone line
followed by your sadness at such a distance
and how I wanted to fly to you from mountain to valley,
severing our missing the other throughout this past year.
How do I arrange the telling of the journey
doing so without dislodging new possibilities or outcomes?
Now of all times I cannot remember the questions.
I only recall my own search for new rhythms and tone,
the leaping skyward seconds before falling through darkness,
the taste of splintered light as language lands.
How can I not understand or love the abandonment
required to free fall toward one's own heart.
The stepping into your life as an adult while shedding the last
skin of youth,
the quickened release of lightning and thunder
toward winter's end and the petals of spring.
I want to pass on the secret of movement without the
recklessness involved
except I am still leaping myself,
eyes tight shut, arms spread
and have I gained any insight or knowledge
beyond the ability to trust in the inevitable touching down?

Landung

Ein Foto fällt zu Boden
als du zwei warst, sagte mir das Lachen in deinen Augen, dass
ich lebendig war,
mit neunzehn schimmert dein Auge, während du ein Gedicht schreibst.
Dein Humor durchschnitt die Telephonleitung
gefolgt von deiner Trauer über die große Entfernung,
und wie sehr wollte ich zu dir fliegen vom Berg ins Tal,
Schluss machen damit, dass wir das ganze letzte Jahr hindurch
einander vermissten.
Wie organisiere ich die Reiseerzählung,
ohne dabei neue Möglichkeiten oder ein neues Ende zu verdrängen?
Ausgerechnet jetzt kann ich mich nicht mehr an die Fragen erinnern.
Ich erinnere mich nur noch an meine eigene Suche nach neuen
Rhythmen und Klängen,
das himmelwärts Springen Sekunden vor dem Sturz durch die
Dunkelheit,
den Geschmack von gesplittertem Licht, wenn die Sprache landet.
Wie könnte ich nicht verstehen oder lieben, welche Hingabe
nötig ist für den freien Fall aufs eigene Herz zu.
Den Eintritt als Erwachsene in dein Leben, während ich die letzte
Haut der Jugend abstreife,
die schnellere Entladung von Blitz und Donner
am Ende des Winters und die Blüten des Frühlings.
Ich möchte das Geheimnis der Bewegung weitergeben, ohne die
Leichtfertigkeit, die dazu gehört,
aber ich bin selbst noch immer im Sprung,
Augen fest geschlossen, Arme ausgebreitet,
und habe ich Einsicht oder Wissen gewonnen,
jenseits der Fähigkeit, auf die unvermeidliche Landung zu vertrauen?

A Mother's Song

my son
I stopped the bullets
for as long as i could
until my heart was torn from my ribcage
and my shattered bone became flour on our kitchen floor
how i wept going down
down
to the moment when i could no longer withstand their bullets
your youth clearcutting a pathway
back into my arms when i held you up to the sun
singing praises for your birth

now i watch as righteous men
defend your murder
defend the onslaught of sliced corpuscle
and the tearing away of your muscle
and i sing
i sing your name into the mouth of every coming sunrise
and i will continue
until they know the significance of your birth
together with the act of stealing your life

and i will sing
and i will not stop

Dedicated to Connie Jacobs and her son Ty from the Tsuu T'in Reserve, both shot to death by police after Social Services tried to apprehend her three children and her refusal to relinquish custody of them. In the enquiry that followed, the courts found that excessive force had been used by Constable Dave Voller. No charges were ever laid. Connie tried to shield her son from the bullets which killed them both in the end.

Lied einer Mutter

mein Sohn
ich hielt die Kugeln auf
so lange ich konnte
bis mein Herz aus meinen Brustkorb gerissen war
und mein zerschmetterter Knochen Mehl auf unserem Küchenboden
wie ich weinte als ich fiel
fiel
hinein in den Augenblick als ich ihren Kugeln nicht länger
standhalten konnte
deine Jugend schlug eine Schneise
zurück in meine Arme als ich dich hochhielt zur Sonne
und ein Loblied sang auf deine Geburt

jetzt sehe ich zu wie rechtschaffene Männer
deine Ermordung verteidigen
den Blutschwall aufgeschlitzter Zellen verteidigen
und das Wegreißen deiner Muskeln
und ich singe
ich singe deinen Namen in den Mund jedes kommenden
Sonnenaufgangs
und ich werde weitersingen
bis sie die Bedeutung deiner Geburt erkennen
zusammen mit dem Raub deines Lebens

und ich werde singen
und ich werde nicht aufhören

Connie Jacobs und ihrem Sohn Ty von der Tsuu T'in Reservation gewidmet, die beide von der Polizei erschossen wurden, nachdem das Jugendamt versuchte hatte, ihre drei Kinder abzuholen, und sie sich geweigert hatte, das Sorgerecht aufzugeben. In der folgenden Untersuchung befand das Gericht, Constable Dave Voller habe unangemessene Gewalt angewandt. Anklage wurde nie erhoben. Connie versuchte, ihren Sohn vor den Kugeln zu schützen, was letztlich beide das Leben kostete.

At the Lake

i am left with too few words
to separate myself
from the memory of you
instead I will walk past your shadow
into the arms of sunlight
unbound and unwoven
by the wind as she touches my face

toronto, february 1999

Am See

mir bleiben zu wenige worte
um mich von der erinnerung
an dich zu trennen
stattdessen will ich an deinem schatten vorbeigehen
in die arme des sonnenlichts
befreit und nicht länger eingewoben
durch den wind wenn er mein gesicht berührt

toronto, februar 1999

Those Poems

Where have all the poems gone?
the ones that heal a heart following long silences,
or those that shift the mind toward a heart to meet.
The ones that say fear is simply a conjured word.
The ones over there,
what are those poems doing in the distance?
The ones huddled in the corner.
Those hidden from sight,
up the embankment,
on the other side,
lining the ocean floor,
the bottom feeders.
Those that cower
just out of reach of pen and word.
I'm looking for any lost poems
needing a place for the night,
a cup of coffee,
some company,
a cigarette,
a newspaper to read.
The poems that want to burst
through the doorways,
the windows,
the walls,
the jailcells,
the asylums.
I'm looking for the poems
lying on their backs
under a full moon,

Diese Gedichte

Wo sind all die Gedichte hin?
Die, die ein Herz heilen nach langem Schweigen,
oder die, die dir den Sinn richten auf ein Herz, dem du
begegnen sollst.
Die, die sagen, dass Angst nur ein Beschwörungswort ist.
Die da drüben,
was machen diese Gedichte da in der Ferne?
Die, die sich in der Ecke zusammendrängen.
Die, die man nicht sehen kann,
oben auf der Uferböschung,
auf der anderen Seite,
die, die den Meeresboden säumen,
die am Grund äsen.
Die, die knapp jenseits
von Stift und Wort kauern.
Ich suche alle Gedichte, die sich verlaufen haben,
die einen Schlafplatz brauchen,
eine Tasse Kaffee,
ein bisschen Gesellschaft,
eine Zigarette,
eine Zeitung zum Lesen.
Die Gedichte, die durch die Türen
brechen wollen,
durch die Fenster,
die Wände,
die Gefängniszellen,
die Anstalten.
Ich suche die Gedichte,
die auf dem Rücken liegen
unter dem Vollmond,

floating in a river under a burning sun
in the dead of winter.
The ones running down highways,
away from home,
or school,
or the police,
or the doctors,
or store owners
or me.
I'm searching for the poems I can hear laughing,
that I can hear wailing,
that I can hear sobbing,
that I can hear snickering,
that I can hear reprimanding,
that I can hear screaming,
that I can hear breathing beside me.
The ones I can hear making love in the other room.
Those speaking my name or someone else's.
The ones repetitiously saying your name.
I'm looking for the poems I left behind in the last city,
or the washroom,
the laundry mat,
the hotel room,
the home of a stranger,
the alley,
the bus,
the train,
the airplane,
the car.

Not here
with me
now.

auf einem Fluß treiben unter sengender Sonne
mitten im Winter.
Die, die auf den Landstraßen rennen,
weg von zu Hause,
oder der Schule,
oder der Polizei,
oder den Ärzten,
oder Ladenbesitzern,
oder mir.
Ich suche die Gedichte, die ich lachen hören kann,
die ich wimmern hören kann,
die ich schluchzen hören kann,
die ich kichern hören kann,
die ich meckern hören kann,
die ich schreien hören kann,
die ich atmen hören kann, neben mir.
Die, die ich hören kann, wie sie sich lieben im anderen Zimmer.
Die, die meinen Namen sagen oder den einer anderen.
Die, die immer wieder deinen Namen sagen.
Ich suche die Gedichte, die ich in der letzten Stadt gelassen habe,
oder im Waschraum,
im Waschsalon,
im Hotelzimmer,
im Haus eines Fremden,
in der Gasse,
im Bus,
im Zug,
im Flugzeug,
im Auto.

Nicht hier
bei mir
jetzt.

The ones I forgot on the beach,
in bed this morning,
back in the bus depot locker,
the noisy bar called the American.
In the backseat of my friend's car,
under her dog,
under the boxes of books in the trunk.
Rolled up with my paintings.

I'm looking for those poems.

Die, die ich am Strand vergessen habe,
heute morgen im Bett,
vorhin im Schließfach am Busbahnhof,
in der lauten Bar, die die Amerikanische heißt.
Auf dem Rücksitz im Auto meiner Freundin,
unter ihrem Hund,
unter den Bücherkisten im Kofferraum.
Zusammengerollt mit meinen Bildern.

Ich suche diese Gedichte.

Can You

can you hear in the ocean
the breathing of whales
brushed by man and steel
lost in the drumming of the city's heart
trampled by the countless footfalls of negligence
speaking in almost extinct dialects –
what are these waters saying?

Kannst du

kannst du im meer
wale atmen hören
menschen und stahl streifen sie
verloren im trommeln des herzens der stadt
niedergetrampelt von zahllosen tritten der gleichgültigkeit
sprechen sie in beinahe ausgestorbenen dialekten –
was sagen diese wasser?

For Matthew Shepard

had i found your body
draped across that barbed wire fence
i would have buried you
in the tradition of my own
        off the ground facing the sky
        surrounded by stone and wood
a fire for your freedom would be lit
you would become wind and star
your life remembered through flame and ash
in your memory a mourning song
in your name an honour song
for you a celebration among the constellations
a dance for you
a dance for your loved ones
weaponry for each of us

Für Matthew Shepard

hätte ich deinen körper gefunden
über den stacheldrahtzaun drapiert
ich hätte dich beerdigt
nach der tradition meines stammes
        weg vom boden zum himmel gewandt
        umgeben von stein und holz
ein feuer für deine freisetzung würde entzündet
du würdest wind und sterne werden
dein leben würde erinnert durch flamme und asche
zu deinem gedenken ein klagelied
in deinem namen ein ehrenlied
für dich eine feier inmitten der sternbilder
ein tanz für dich
ein tanz für deine lieben
waffen für uns alle

Golden Gate Bridge

on that journey we stood equal to the golden gate
wondered at the cost of lives
not theirs but ours
tried to imagine a landscape absent of conflict
absent of the invasion that would soon come

it is in fact not golden
instead an orange reflected against the sky
still circled by eagles who remember
the price of a bridge which linked one thief to the next

we stood looking downward on a city
built from bones and blood
then watched as the storyteller flew over alcatraz
into a sunset as old as stone
as young as possibility itself

Golden Gate Bridge

auf jener reise standen wir auf gleicher höhe mit der golden gate
fragten uns nach den leben die sie gekostet hatte
nicht ihre sondern unsere
versuchten uns eine landschaft vorzustellen minus konflikt
minus die invasion die bald folgen sollte

sie ist in wirklichkeit gar nicht golden
sondern ein orange das gegen den himmel reflektiert
immer noch umkreist von adlern die sich erinnern
was der preis für eine brücke war die einen dieb mit dem
nächsten verband

wir standen da und schauten hinunter auf eine stadt
gebaut aus knochen und blut
dann sahen wir zu wie der geschichtenerzähler über alcatraz flog
in einen sonnenuntergang so alt wie stein
so jung wie die möglichkeit selbst

Witnessing

we bear witness to the changing of history
remembering places where we were born
to which we can never return

we bear witness to shifting movements
remembering moments etched on cave walls
buried in our past

we bear witness to memory housed in stories
whispered through tongues of laughing stones
their voices quiet with indiscretion

we bear witness to change
remembering our original being
her journey from here to now

knowing that in our fingertips
history sleeps yet to be formed

vancouver, september 1999

Bezeugen

wir legen zeugnis ab für den wandel der geschichte
erinnern orte wo wir geboren wurden
an die wir nie mehr zurückkehren können

wir legen zeugnis ab für unstete bewegungen
erinnern augenblicke in höhlenwände gekratzt
vergraben in unserer vergangenheit

wir legen zeugnis ab für erinnerung die in geschichten wohnt
geflüstert von den zungen lachender steine
ihre stimmen still und taktlos

wir legen zeugnis ab für den wandel
erinnern unser ursprungswesen
seine reise von hier nach jetzt

wir wissen dass in unseren fingerspitzen
geschichte schläft die noch gestaltet werden muss

vancouver, september 1999

Berries and Ripened Poems

In the likelihood we should meet again
I have prepared a bowl of ripened poems
with which to ease our hunger,
laid out a tablecloth made from memories
each one tasting of wild berries wrapped in early
morning dew.
I have sewn stars into a tapestry above each door frame,
drawn back the clouds and pulled the sheets
made from a laughing moon across the bed
beside which stands an empty gourd
waiting to be filled by our stories carried
across the heartlands of distance we will have travelled.

vancouver, july 1999

Beeren und reife Gedichte

Für den möglichen Fall, dass wir einander wieder begegnen,
habe ich eine Schale reifer Gedichte vorbereitet,
mit denen wir unseren Hunger stillen können,
habe ein aus Erinnerungen gewebtes Tischtuch aufgelegt,
jede schmeckt nach wilden Beeren in frühem Morgentau.
Ich habe Sterne in einen Wandteppich über jeden
Türrahmen genäht,
die Wolken zurückgezogen und die Laken,
die aus einem lachenden Mond gemacht sind, über das Bett gelegt,
neben dem ein leerer Kürbis steht,
in Erwartung unserer Geschichten, die wir getragen haben
durch das Herzland der Entfernung, die wir gereist sein werden.

vancouver, juli 1999

John Donlan

Days

Fall blows in: drying leaves
clatter and flash pale undersides.
A mink frog yips and skitters over the water:
a life in four summers.

This map, my skin
is speckled, wrinkled, scarred; what was this life?
"*Diem perdidi*," Emperor Titus said:
"I've lost a day" — one without a good deed.

His legions had other marching orders:
level Jerusalem. *First, do no harm*;
impossible for any animal, yet not to try — Hear that?
Some creature, unseen, nearby, a clear

clink, clink, like a key on stone
makes its nature known
to give and find pleasure,
make something of the day.

Tage

Der Herbst bläst herein: vertrocknende Blätter
rasseln und lassen blasse Unterseiten erscheinen.
Ein Nerzfrosch bellt und jagt über das Wasser:
ein Leben in vier Sommern.

Diese Landkarte, meine Haut,
ist gefleckt, runzlig, vernarbt; was war dieses Leben?
„*Diem perdidi*", sagte Kaiser Titus:
„Ich habe einen Tag verloren" – einen ohne gute Tat.

Seine Legionen hatten andere Marschbefehle:
legt Jerusalem flach. *Erstens, richtet keinen Schaden an*;
unmöglich für ein jedes Tier, aber es nicht einmal
versuchen – Hört ihr's?
Irgendeine Kreatur, nicht zu sehen, nah, ein klares

kling, kling, wie ein Schlüssel auf Stein,
tut ihr Wesen kund,
Lust zu schenken und zu finden,
etwas aus dem Tag zu machen.

Strong as Life

Two ants tow half a caterpillar,
pulling against each other, dropping
the load, stick legs, bodies
unstopping, epic.

Though your bones break every time you're moved
in your hospital bed, your body lives.
Grandmother and her hydrocephalic
son died after thirty hours of labour;

the contractions stopped when blood
loss and exhaustion killed her with the child.
Near the stream, a young red-shouldered hawk
screams and screams, *kee-ah*. Another

flies toward it carrying a frog. If
imagination was as strong as life
I'd be that frog, I'd look down and say,
"I'm flying, I've turned into a bird."

Stark wie das Leben

Zwei Ameisen schleppen eine halbe Raupe,
ziehen gegeneinander, verlieren
die Ladung, Spindelbeine, Körper
ohne Pause, episch.

Wenn auch deine Knochen brechen, jedesmal wenn sie
dich im Klinikbett umdrehen, so lebt doch dein Körper.
Großmutter und ihr wasserköpfiger
Sohn starben nach dreißig Stunden Wehen;

die Kontraktionen hörten auf, als Blut-
verlust und Erschöpfung sie und ihr Kind umbrachten.
Dicht beim Fluss schreit und schreit ein junger
Rotschulterbussard, *kiii-ah*. Ein zweiter

fliegt auf ihn zu, trägt einen Frosch. Wäre
die Phantasie so stark wie das Leben,
so wäre ich dieser Frosch, würde hinunterblicken und sagen,
„Ich fliege, bin ein Vogel geworden“.

Whirligig

End of July, trees call it a season
shut down their green workshops and let them rust.
Bumper cars in water dimples, whirligig
beetles zoom and carom, rippling moonlight.

Perseids sing their fire songs
as they streak our black stadium, burning up
into atoms of atmosphere.
Crickets begin, and a thousand insect voices

(scraping legs are a voice), and deer mice trill
high urgent love calls from the trees.
On an outflung arm of the Milky Way
we wonder what to do and what to say

from our lush life, so postmodern, so free
to equal their conviction, their necessity.
Long past moonset we lie outside and listen
and stare up into the star-hazy night.

Kreisel

Ende Juli sagen die Bäume das war's,
schließen ihre grünen Werkstätten und lassen sie rosten.
Autoscooter in Wassergrübchen, Kreisel-
käfer, sausen und prallen aufeinander, kräuseln das Mondlicht.

Perseiden singen ihre Feuerlieder,
wenn sie unser schwarzes Stadion streifen, verbrennen
zu Atomen von Atmosphäre.
Grillen beginnen, und tausende Insektenstimmen

(Beine-Reiben ist eine Stimme), und Hirschmäuse trillern
hohe, dringliche Liebesrufe aus den Bäumen.
Auf einem weit außen liegenden Arm der Milchstraße
fragen wir uns, was tun und was sagen

von unserem üppigen Leben, so postmodern, so frei,
es ihrer Gewissheit, ihrer Notwendigkeit gleichzutun.
Lange nach Monduntergang liegen wir im Freien und lauschen
und starren hinauf in die sternenbenebelte Nacht.

Waiting

The pond has dropped a foot over the summer;
you couldn't pole a punt across it now.
New-risen loamy flats and yellowing lilies'
braided roots, thick as a leg, are drying

in fierce September sun; dark trunks of trees
that drowned and fell and sank
after beaver dammed the trickling creek
turn pale as dust.

Radiant storms of words
and images criss-crossing air and settling
in devices electron-thin can't reach
into valleys tucked under rocky ridges

of the Shield. Hours here
dissolve the city's crust of irritants
and distractions: your ambition's focussed
as a frog's, waiting for the bright fly.

Warten

Der Teich ist über den Sommer um einen Fuß gefallen;
man könnte jetzt keinen Kahn darüber staken.
Neu aufgetauchte lehmige Sandbänke und die verflochtenen
Wurzeln von Kanadalilien, schenkeldick, trocknen

in der gleißenden Septembersonne; dunkle Stämme von Bäumen,
ertrunken, gefallen und versunken,
als Biber das Rinnsal von einem Bach aufstauten,
werden bleich wie Staub.

Strahlenstürme aus Wörtern
und Bildern durchkreuzen die Luft, nisten sich ein in
elektronendünne Geräte und können doch die
Täler nicht erreichen, die sich unter die Felsrücken

des Schildes schmiegen. Stunden hier
lösen die Großstadtkruste aus Störung und
Ablenkung auf: das Trachten ist zielgerichtet
wie das eines Froschs, der auf die glänzende Fliege wartet.

The George River Caribou Herd

Along Devonshire a line of dump trucks idles;
as one crawls roaring out of its square pit
like an angry mastodon
another creeps downslope to be loaded

with blue-grey glacier dregs the city digs and builds on.
Bloor Street westbound is pale with their dust;
traffic twirls it high, the wind snatches it
up and around the world. Some even falls

on the George River caribou herd
walking from James Bay to the Labrador Sea
800,000 strong. If you were there
the dust would be blackflies. You'd hear only

ankles clicking, the blurts and murmurs of caribou bellies,
the rasp of teeth and lips tearing the lichen free,
the soft knock of their hooves on stone,
the light breeze blowing around the world.

Die George River Karibuherde

An Devonshire entlang steht eine Schlange Lastwagen im Leerlauf;
wenn einer röhrend aus seiner quadratischen Grube kriecht,
wie ein wütendes Mastodon,
kriecht ein anderer hinunter zum Beladen

mit blaugrauem Gletscherbodensatz, den die Stadt ausgräbt, zum
Bebauen.
Bloor Street in westlicher Richtung ist bleich von seinem Staub;
der Verkehr wirbelt ihn auf, der Wind trägt ihn
hoch und um die Welt. Etwas davon fällt sogar

auf die George River Karibuherde,
wenn sie von der James Bay zur Labradorsee zieht,
800.000 an der Zahl. Wenn man dort wäre,
würde der Staub zu Kriebelmücken. Man würde nur

Knöchel klicken hören, das Rülpsen und Murmeln von Karibu-
bäuchen,
das Knirschen von Zähnen und Lippen, die die Flechten losreißen,
das leise Schlagen ihrer Hufe auf Fels,
die leichte Brise, die um die Welt weht.

Caducity

After the clear-cut's catastrophe
rising forest life welcomes the dead:
leaves and twigs that fail are gnawed to mulch
by insect jaws, digested by microbes;

a branchless snag becomes a totem
condo, cave mouths each with its family;
when finally it falls its tons of mass
are soon more living matter than dead wood.

Death builds the hungry soil which feeds us all.
A philosopher says this is happiness,
this failing and falling, this rising up.
An impersonal kind of happiness.

I don't like fishing now: I only went this year
to be with my oldest friend. We towed home six
smallmouth, fresh and alive, tethered through
rasp jaw and gaping scarlet gill.

One by one I clubbed them dead and Gary cleaned.
One had somehow swum free but still it stayed
beside the rest, slow, weary, nuzzling.
I don't know what it was: it looked like love.

Vergänglichkeit

Nach der Katastrophe des Kahlschlags
grüßt aufstrebendes Waldleben die Toten:
Blätter und absterbende Zweige werden von Insektenkiefern
zu Mulch genagt, von Mikroben verdaut;

ein astloser Stamm wird zum Totem-
Wohnkomplex, jede Höhlenöffnung hat ihre Familie;
wenn er schließlich fällt, sind seine Tonnen von Masse
bald mehr lebendige Materie als totes Holz.

Der Tod bereitet den hungrigen Boden, der uns alle ernährt.
Ein Philosoph sagt, dies sei Glück,
dieses Schwachwerden und Fallen, dieses Aufstreben.
Eine unpersönliche Form von Glück.

Ich mag Angeln nicht mehr: dieses Jahr bin ich nur mitgegangen,
um mit meinem ältesten Freund zusammenzusein. Wir haben sechs
Schwarzbarsche eingeholt, frisch und lebendig, hochgezogen
durch raue Kiefer und offene, scharlachrote Kiemen.

Einen nach dem anderen schlug ich sie tot und Gary nahm sie aus.
Einer hatte sich irgendwie freigeschwommen, aber blieb
beim Rest, langsam, müde, schmiegte sich an.
Ich weiß nicht, was es war: es sah aus wie Liebe.

White Clover

They line back-country roads like crowds
swaying as interesting persons pass,
parting for driveways into forest-walled yards
where weekenders or lifers stare —

Now, who might *you* be?
— and we stare back.
To Township trucks we raise two fingers from the wheel,
the faces in the cabs almost unseen;

here as with any steady kind regard
met and held, we nod. This grave
bow, this slow lowering of the head
says more than any wave (that false

dismissive distancing gesture); salutes
losses survived, lonelinesses, our private
common core; illuminates the root
of love itself: I see you, I accept.

Weißer Klee

Sie säumen Straßen im Hinterland wie Menschenmengen,
die sich recken, wenn interessante Personen vorbeikommen,
teilen sich an Einfahrten in waldumstandene Vorgärten,
wo Wochenendbesucher oder Dauerbewohner starren –

Also, wer bist *du* wohl?
– und wir starren zurück.
Für städtische LKWs heben wir zwei Finger vom Lenkrad,
die Gesicher in den Kabinen kaum zu erkennen;

hier, wie bei jedem festen, freundlichen Blick,
der uns trifft und den wir erwidern, nicken wir. Diese
ernste Verbeugung, dieses langsame Senken des Kopfes
sagt mehr aus als jedes Winken (diese falsche

herablassend distanzierende Geste); zollt Respekt
für überlebten Verlust, Einsamkeiten, unser privates
gemeinsames Innerstes; lässt die Wurzel
der Liebe selbst erstrahlen: ich sehe dich, ich akzeptiere.

Wanuskewin

Grazing herds so vast
they took a man three days to ride through.
From a rise you could see buffalo every way
brown to the round horizon.

Earth's gifts remain: sun, rain,
the clear air that flows on forever
through blue grama grass and wolf willow
over the cliff edge, the empty river.

Wanuskewin

Grasende Herden so riesig,
dass ein Mann drei Tage brauchte, um hindurchzureiten.
Von einer Anhöhe konnte man Büffel in alle Richtungen sehen,
braun bis zum runden Horizont.

Die Gaben der Erde bleiben: Sonne, Regen,
die klare Luft, die stetig
durch blaues Moskitogras weht, und Silber-Ölweide
über dem Felsrand, dem leeren Fluss.

At Kingfisher Creek

Silt-slimed, ash-grey
salmon corpses strewn like cordwood
clog Kingfisher Creek. After high water
some droop from branches like Dali watches.

Carried far by bears and eagles, some say,
minerals in their bones feed the forest:
but this scene is best explained
by the constant voice-over of water on stone

which tells us nothing
yet somehow changes our minds for the better.
The last voice exhausted salmon hear
sings through the long slow winter sleep

of eggs clinging to sand against the pull
of summer, of downhill, of ocean future.

Am Kingfisher Creek

Schlickverschleimt, aschgrau
stauen Lachsleichen, verstreut wie Klafterholz,
den Kingfisher Creek. Nach einem Hochwasser
hängen einige in den Ästen wie Dalís Uhren.

Weit getragen von Bären und Adlern nähren,
so sagt man, Mineralien in ihren Gräten den Wald:
aber diese Szene wird am besten erklärt
durch den ständigen Kommentar von Wasser auf Stein,

der uns nichts sagt,
aber irgendwie unseren Sinn auf Besseres lenkt.
Die letzte Stimme, die die erschöpften Lachse hören,
singt durch den langen, langsamen Winterschlaf

von Eiern, die sich am Sand festhalten gegen den Sog
des Sommers, des Talwärts, der Zukunft im Meer.

Religion

What must it be like, to lie on the pond
bottom, muck soft under your back,
pale stalks rising all around in the gloom
while you drown?

Drowning is painless, survivors say,
unfrightening, a strangely serene surrender
to memory, and nothing — And after?
Most people believe

some best part of us will always live:
comforting, but unlikely.
The late sun is glittering off the leaves;
their *hush, hush* is infinitely soothing.

Seeing and hearing are the best parts of being here:
they're how the world's constancy and love
enter us, convince us this life
is all, and comfort enough.

Religion

Wie muss es sein, auf dem Teich-
grund zu liegen, Schlamm weich unter dem Rücken,
bleiche Stängel ringsum in die Düsternis ragend,
während man ertrinkt?

Ertrinken ist schmerzlos, sagen Überlebende,
nicht beängstigend, ein seltsam heiteres Sich-Hingeben
an Erinnerung, und nichts – Und danach?
Die meisten glauben,

dass ein bester Teil von uns immer leben wird:
ein Trost, aber unwahrscheinlich.
Die späte Sonne glitzert auf den Blättern;
ihr *sch, sch* ist unendlich tröstlich.

Sehen und Hören sind die besten Teile des Daseins hier:
sie sind es, durch die der Welt Beständigkeit und Liebe
in uns eindringen, uns überzeugen, dass dieses Leben
alles ist, und Trost genug.

Jan van Eyck's *The Madonna of Chancellor Rolin*

In this picture paradise is paved.
The floor of Mary's room is tiled
in stars of marble. Columns all around
enclose some heavenly receiving room.

An angel hovers, holding Mary's crown,
each jewel real. Solemn, fat as a berry
Child Christ blesses the doubting Chancellor's gaze
on his mother's lap.

Frozen in ritual piety
the Chancellor wishes he was someplace else
but he paid to be in this picture, and by God,
he'll get his money's worth.

It's a forbidding scene. No one looks happy
or directly at anyone else.
The baby has bags under his eyes, his mother
holds him at arm's length like a bomb.

Mies van der Rohe said God is in the details.
Here van Eyck so packs every brushed inch
that even a Chancellor smells mystery.
Outside this scene of stony grace, a landscape,

a fashionable picture in a picture:
past farms with cattle diminutive as beetles
and men and women tiny with perspective
a river winds towards us from the hills

Jan van Eycks *Madonna des Kanzlers Rolin*

Auf diesem Bild ist das Paradies gepflastert.
Der Boden von Marias Zimmer ist gefliest
mit Sternen aus Marmor. Säulen rings herum
umschließen einen himmlischen Empfangsraum.

Ein Engel schwebt, hält Marias Krone,
jeder Edelstein wie echt. Ernsthaft, dick wie eine Beere,
segnet das Christkind des zweifelnden Kanzlers Blick
auf seiner Mutter Schoß.

Erstarrt in ritueller Frömmigkeit
wünscht sich der Kanzler, er wäre woanders,
aber er hat dafür bezahlt, auf diesem Bild zu sein, und bei Gott,
er bekommt etwas für sein Geld.

Es ist eine erschreckende Szene. Niemand sieht glücklich aus
oder jemand anderen direkt an.
Das Baby hat Säcke unter den Augen, seine Mutter
hält ihn auf Armeslänge wie eine Bombe.

Mies van der Rohe sagte, Gott sei in den Details.
Hier packt van Eyck jeden gemalten Zoll so voll,
dass selbst ein Kanzler ein Mysterium riecht.
Außerhalb dieser Szene von steinerner Anmut eine Landschaft,

ein modisches Bild im Bild:
vorbei an Höfen mit Rindern, klitzeklein wie Käfer,
und Männern und Frauen, winzig in der Perspektive,
windet sich ein Fluss von den Hügeln auf uns zu,

widens into the spired city surrounding
and disappears below the garden wall
where level with medieval steepletops
red-turbaned Jan van Eyck and Hubert peer

over a carved stone balcony at Earth
perfect below, the book of happiness
open to distant eyes.
Looks like they're laughing.

weitet sich in die türmereiche umgebende Stadt
und verschwindet unter der Gartenmauer,
wo auf einer Ebene mit mittelalterlichen Giebelspitzen
Jan van Eyck mit rotem Turban und Hubert über

eine gemeißelte Steinbalustrade auf die Erde schauen,
die vollkommen darunter liegt, das Buch des Glücks
offen für ferne Augen.
Sieht aus, als lachten sie.

Marya Fiamengo

Epithalamium

We are not cold who live by myths,
wrapped in our dreams of love and fealty,
nor old as marble is in monument,
nor mindless like bald stones in crumbling battlement.

Not old, nor cold, nor carefully impervious,
but palpable, we breathe our breath of mist
to mute the harshness of impermanence
like moths who live between the candle and the wick
in a glimmer world of guttering and light;
yet our shadows are the chandeliers
whose kindling brings the heart alive.

Not old, nor cold, nor blazing meteorite,
but more the kith of nebulae
shaped in the dust of space and caused
by the dislocation of a star,
we are the votary people, the replenishers of night.

And I of all most bound in myth, most found in wish,
I offer you as one akin, the royalty of night:
we have the day for tedium.
Oh do not live republican and sane,
ruled by the day into a citizenry of small change,
but share this courtly exile of the night
and be imperial with the dark.

Epithalamium

Wir sind nicht kalt, die wir in Mythen leben,
umhüllt von unserm Traum von Liebe und Loyalität,
noch sind wir alt wie Marmor ist im Monument,
noch kopflos wie kahle Steine in geborstenen Zinnen.

Nicht alt, noch kalt, noch sorgsam unempfindlich,
doch fühlbar, atmen wir den Nebel unsres Atems,
um der Vergänglichkeit den harschen Ton zu dämpfen
wie Motten, die zwischen Docht und Kerze leben
in einer Schimmerwelt von Tropfen und von Licht;
sind unsere Schatten doch die Kandelaber,
ihr Leuchten ist, was uns das Herz lebendig macht.

Nicht alt, noch kalt, noch flammender Meteorit,
doch eher in der Art der Nebulae
geformt im Staub des Alls, und so gezeugt
durch die Verschiebung eines Sterns,
sind wir die, die geweiht sind, Nacht erneut zu füllen.

Und ich, im Mythos allermeist gebunden, im Wunsch gefunden,
ich biete euch als meinen Seelenfreunden das Königtum der Nacht:
der Tag genügt uns für die Langeweile.
Oh lebt nicht republikanisch und normal,
die Bürgerschaft des Kleingelds wird vom Tag regiert,
nehmt lieber Teil am vornehmen Exil der Nacht,
seid mit der Dunkelheit Königin und Gebieter.

Were I occult and gracious with power,
regal in magic as well as intent,
I'd offer dominions to carry your names,
dispatch you an empire to shatter oblivion
and blazon amulets to cherish your fame;
mindful of fragrance, give myrrh for your pleasure,
jacinth to jewel your radiance of years
and sew with fine twine witchcraft
your bones and your sinews into enchantment
to last out felicity forever and a day.

With this alchemy turn the daytime
into a peacock's spreading tail,
no more republican but like the night
a sovereign of promise princely eyed
to charm every hurting harm away.

For we are not old, nor cold, nor self-bemused
who live by myths, who dance between the candle and the wic
but warm and quick, the pulse behind the wrist,
the substance of the insubstantial breath.

Then take this dubious blessing from a wedding guest
who wishes you joy in your mortality,
to fashion poignancies sufficient for the heart
to cast her aura on eternity.

Und wär ich Magierin und huldvoll mächtig,
im Zauber königlich und auch im Sinn,
ich böte Länder euch, damit sie eure Namen tragen,
ich schickte euch ein Reich, um das Vergessen zu vernichten,
verzierte Amulette, um euren Ruhm zu pflegen;
ich gäbe Myrrhe euch zur Freude, und wägte wohl den Duft,
mit Hyazinth würd ich das Strahlen eurer Jahre zieren
und eure Knochen, eure Sehnen zu Verzauberung
vernähen mit feinem Hexenzwirn,
damit Glückseligkeit ihr ewig spüren möget.

Mit dieser Alchemie verwandelt ihr den Tag
in eines Pfauen aufgeschlagenes Rad,
nicht mehr republikanisch, sondern wie die Nacht
ein Souverän der Hoffnung, fürstlich blickend,
um jeden Schmerz und jeden Schaden zu verbannen.

Denn wir sind nicht alt, noch kalt, noch selbstverloren,
die wir in Mythen leben, tanzen zwischen Docht und Kerze,
hingegen warm und schnell, der Puls unter dem Handgelenk,
der Stoff des Atems, der nicht stofflich ist.

So nehmt den zweifelhaften Segen eines Hochzeitsgastes,
der euch viel Freude wünscht in eurer Sterblichkeit,
damit dem Herzen ihr genügend Bitter-Süße schafft,
das seine Aura richtet auf die Ewigkeit.

Overheard at the Pornographer's

"Men over forty are attractive
women are merely middle-aged."

Mortality, my friend
is not confined to women over forty,
much as you might wish it.

Incarcerate yourself
before   behind
beside   inside
the nubile flesh
of pretty girls,
strut that spurious virility
as you must
despise the wrinkled female face
the heavy breasts
the sprouting veins
the grim pimp
will have his price.

And copulation
in the brightest light
will not reprieve
the temporary silver
in your hair
caught like the sea
between the storms
of fretful vanity.

Beim Pornographen aufgeschnappt

„Männer über vierzig sind attraktiv
Frauen sind bloß im mittleren Alter."

Sterblichkeit, mein Freund
beschränkt sich nicht auf Frauen über vierzig,
auch wenn du's dir so wünschst.

Sperr dich ruhig ein
vor   hinter
neben   in
dem heiratsfähigen Fleisch
von hübschen Mädchen,
paradiere deine Pseudo-Männlichkeit,
wie du es musst,
verachte nur das weibliche Gesicht mit seinen Falten,
die schweren Brüste,
die Venen, wie sie sprießen,
der gnadenlose Lude
holt sich seinen Preis.

Und selbst beim hellsten Licht
wird das Begatten
dem temporären Silber
in deinem Haar dereinst
keinen Aufschub gönnen,
gefangen wie das Meer
zwischen den Stürmen
gereizter Eitelkeit.

I call on all the awesome
women of the night
the temple proud tall
women of the past
Hecate, Medea, and great Artemis
to salt that shrinking parcel
of protruding limb
into petrified eternity.

Born on the wind of anger
drops of fire sing
in the arterial breath
of years to come.
You will be beggared yet
who cannot love
except increase of self
in some pubescent child's face.

Ich bitte sie, all die erhabenen
Frauen der Nacht,
die tempelstolzen, großen
Frauen der Vergangenheit,
Hekate, Medea und die große Artemis,
jenes schrumpfende Stückchen
eines vorstehenden Glieds
in Ewigkeit versteinert einzusalzen.

Geboren auf dem Wind des Zorns
singen Feuertropfen
im Atem des Pulsschlags
von Jahren, die da kommen werden.
Auch du wirst einst ein Bettler sein,
wenn du nichts lieben kannst
als das, was dir dein Ego stärkt
in eines pubertierenden Kindes Augen.

In Praise of Old Women

Yes, Tadeusz Rozewicz, I too
prefer old women.
They bend over graves
with flowers,
they wash the limbs of the dead,
they count the beads of their rosaries,
they commit no murders
they give advice
or tell fortunes,
they endure.

In Poland, in Russia,
in Asia, in the Balkans,
I see them shawled, kerchiefed
bent-backed, work-wrinkled.

But Tadeusz,
have you been to America?
Where we have no old women.
No Stara Babas,
no haggard Madonnas.

Everyone, Tadeusz, is young in America.
Especially the women
with coifed blue hair
which gleams like the steel
of jets in the daytime sky.
Smooth-skinned at sixty,
second debuts at fifty
renascent
they never grow old in America.

Lobpreis alter Frauen

Ja, Tadeusz Rozewicz, auch ich
mag lieber alte Frauen.
Sie beugen sich mit Blumen
über Gräber,
sie waschen die Glieder der Toten,
sie zählen die Perlen ihrer Rosenkränze,
sie bringen keinen um,
sie geben Rat
oder sagen die Zukunft voraus,
sie überdauern.

In Polen, in Russland,
in Asien, auf dem Balkan,
sehe ich sie mit Schal und Kopftuch,
gebeugtem Rücken, faltig von der Arbeit.

Aber, Tadeusz,
warst du schon in Amerika?
Hier haben wir keine alten Frauen.
Keine Stara Babas,
keine abgezehrten Madonnen.

Alle, Tadeusz, sind jung in Amerika.
Besonders die Frauen
mit ihren bläulich getönten Haaren,
die glänzen wie der Stahl
von Jets am Tageshimmel.
Glatte Haut mit sechzig,
zweite Debüts mit fünfzig
wiedergeboren,
werden sie nie alt in Amerika.

And we have in America
literate, sexually liberated women
who wouldn't touch a corpse,
who confuse lechery with love,
not out of viciousness
but boringly
out of confusion, neurosis, identity-crises.

Tadeusz,
I go to the cemetery
with my mother
one of us stoically old,
the other aging,
and I tell you, Tadeusz,
I will grow old in America.
I will have no second debut.
I will raise my son on old battles,
Kosovo, Neretva, Thermopylae,
Stalingrad and Britain,
and I will wrinkle adamantly in America.

I will put salt in the soup
and I will offer bread and wine
to my friends,
and I will stubbornly praise old women
until their thin taut skins
glow like Ikons ascending on escalators
like Buddhas descending in subways,
and I will liberate all women
to be old in America
because the highest manifestation of wisdom,
Hagia Sophia,
is old and a woman.

Und wir haben in Amerika
gescheite, sexuell befreite Frauen,
die nie einen Leichnam anfassen würden,
die Liebe mit Lust verwechseln,
nicht aus Bosheit,
sondern, eher langweilig,
aus Verwirrung, Neurose, Identitätskrisen.

Tadeusz,
ich gehe zum Friedhof
mit meiner Mutter,
die eine von uns stoisch alt,
die andere alternd,
und ich sage dir, Tadeusz,
ich werde alt werden in Amerika.
Ich werde kein zweites Debüt haben.
Ich werde meinen Sohn großziehen mit alten Schlachten,
Kosovo, Neretva, die Thermopylen,
Stalingrad und England,
und werde unerbittlich Falten bekommen in Amerika.

Ich werde Salz in die Suppe geben,
und ich werde meinen Freunden
Brot und Wein anbieten,
und ich werde stur alte Frauen preisen,
bis ihre dünne, gespannte Haut
glüht wie Ikonen auf der Rolltreppe nach oben
wie Buddhas in die U-Bahn nach unten,
und ich werde alle Frauen befreien,
damit sie alt sein können in Amerika,
denn die höchste Manifestation der Weisheit,
die Hagia Sophia,
ist alt und eine Frau.

Point-No-Point

Sitting at the table
very old
thin grey hair
braided –
wound about the head –
a coronet
celebrating longevity

Beyond –
The Strait,
Juan de Fuca
gleams
like a polished Spanish knife

Salal leaves
In copper jugs
blue and white
china cups

The old woman
cuts the stems
of green grapes
with silver scissors
we drink tea
pour cream
from pewter
eat cinnamon buns

Point-No-Point

Sie sitzt am Tisch
sehr alt
dünnes graues Haar
geflochten –
um den Kopf gebunden –
ein Krönchen
zur Feier der Langlebigkeit

Jenseits –
glänzt
die Juan de Fuca
Straße
wie ein poliertes spanisches Messer

Salalblätter
in Kupferkrügen
blau-weiße
Porzellantassen

Die alte Frau
schneidet die Stiele
von grünen Trauben
mit einer silbernen Schere
wir trinken Tee
nehmen Sahne
aus einem Zinngießer
essen Zimtbrötchen

On the wall
steel engravings
a Tudor woman
face very plain
antique furniture
richly inlaid

The cinnamon buns
toasted russet brown
the same rich shade
as the folds
of the Tudor gown

The eye moves
past the patina
of furniture
to the patina
of God

The old woman
rubbed clean
clear as grace
the burnished sea
beyond the great
greening foliage
of island trees
arbutus   cedar
scrub oak

An der Wand
Stahlstiche
eine Tudor-Frau
sehr unscheinbares Gesicht
antike Möbel
reich mit Intarsien verziert

Die Zimtbrötchen
rostbraun getoastet
dieselbe kräftige Farbe
wie die Falten
des Tudorgewandes

Das Auge gleitet
über die Patina
der Möbel hinaus
zur Patina
Gottes

Die alte Frau
glatt gerieben
klar wie die Gnade
die blanke See
jenseits des großen
grünenden Laubwerks
der Inselbäume
Erdbeerbaum   Zeder
Strauchheiche

Green   grapes
green   trees
salal
tenacious
faltering hands
offering tea and cakes
pushing back death
and wilderness

Grüne   Trauben
grüne   Bäume
Salal
zähe
zitternde Hände
bieten Tee und Kuchen an
schieben den Tod weg
und die Wildnis

Hobotniča

The Octopus

I

The old ghosts
          mourn.
The young cry
          out
their grief. Bitter
harvest at the end
of summer. Apples
of discord chewed
by black teeth.

I recall
my mother
leaning
on a withered
wooden fence.
Her kerchief
like the fabric
of her country
          torn.

She speaks
of her youth.
How as a very
young girl, a child
          almost
she walked
to the sea
at the end
of her garden.

Hobotniča

Der Oktopus

I

Die alten Geister
trauern.
Die jungen schreien
ihn heraus
ihren Kummer. Bittere
Ernte am Ende
des Sommers. Äpfel
der Zwietracht zerkaut
von schwarzen Zähnen.

Ich erinnere mich
wie meine Mutter
an einem verwitterten
Holzzaun
lehnt.
Ihr Kopftuch ist
wie das Gewebe
ihres Landes
zerrissen.

Sie spricht
von ihrer Jugend.
Wie sie als sehr
junges Mädchen, fast noch
ein Kind
zum Meer
ging
am Ende
ihres Gartens.

Walked to where
in the clear
water swam
the octopus, the innocent
            hobotniča.

She dips
a dazzle
of white linen
into the pristine blue
            of the Adriatic
making a blaze
of whiteness
enticing the pink
            and white
sea creature
into its milky
            folds.

Artless
he swims
into the crystal
cream of its weave.

Triumphant
she holds him
            fast.
Ties a swift
            knot.
Takes him home
for the family
            evening meal.

Dorthin ging, wo er
im klaren
Wasser schwamm
der Oktopus, der unschuldige
Hobotniča.

Sie taucht
ein leuchtend-
weißes Laken
in das glasklare Blau
der Adria
macht ein weißes
Leuchten
lockt das rosa-
weiße
Seewesen
in seine milchigen
Falten.

Arglos
schwimmt er
ins cremige Hell
des Gewebes.

Triumphierend
hält sie ihn
fest.
Macht einen schnellen
Knoten.
Bringt ihn nach Hause
zur Familie
als Abendessen.

II

Later
much later
she moves to a distant
                harbour
Rests the weight
of her pain
on clinical linen.

One dawn
a grave celebrant
expected, solicitous
lays on the lap
of her years
a length of bleached
                cloth
enticing this pink
                and grey
land creature
into the blanched small bones
of his stone embrace.

                White
on blue I shroud
her in my father's
colours. In the green
of grape leaves, the purple
pall of vineyards. Gold
for the light on the Adriatic.

II

Später
viel später
zieht sie in einen anderen
Hafen
Bettet das Gewicht
ihrer Schmerzen
auf Kliniklaken.

Eines Morgens
legt ein ernster Zelebrant
erwartet, eifrig
auf den Schoß
ihrer Jahre
ein Stück gebleichtes
Tuch
lockt dieses rosa-
graue
Landwesen
in die gebleichten kleinen Knochen
seiner steinernen Umarmung.

Weiß
auf Blau hülle ich sie ins Leichentuch
in meines Vaters
Farben. In das Grün
der Weinblätter, das Purpur-
kleid der Weinberge. Gold
für das Licht auf der Adria.

Adieu
to both. Last stars
lost stars. I hear
you in the hour
of vespers. See
you move past
the thuggish dissonance
of present history
into the bold eye
of the clear
morning.

Lebt wohl
beide. Letzte Sterne
verlorene Sterne. Ich höre
euch in der Stunde
des Abendgebets. Sehe
wie ihr den brutalen Missklang
der gegenwärtigen Geschichte
hinter euch lasst, vorangeht
ins kühne Auge
des klaren
Morgens.

A Mandala of Birds and Feathers

The unexpected felicity
of the heron propped
solitary by the irrigation pump.

The white-washed lace of ice
on a waste of wide water.

Black quail nimble
in the frozen orchard.

A mandala of birds and feathers
as visiting finch perch

on the mustard radiance
of a winter willow.

Chill wind, hoarfrost
last words spoken

on a walk from southern darkness
into the migratory northern light.

Ein Mandala aus Vögeln und Federn

Das unverhoffte Glück
des Reihers einsam
aufgebaumt neben der Wasserpumpe.

Die weißgewaschene eisige Spitzendecke
auf einer weiten Wasserwüste.

Schwarzwachteln leichtfüßig
im vereisten Obstgarten.

Ein Mandala aus Vögeln und Federn
wenn die Finken zu Besuch

auf dem Senfglanz
einer Winterweide hocken.

Eisiger Wind, Raureif
letzte Worte gesprochen

auf einem Spaziergang aus der Dunkelheit des Südens
in das wandernde Licht des Nordens.

Joanne Arnott

seahorse migrations

falling in love with our stories as
they rise from their deep-rooted places

called forth by
any little question
a chance encounter

an imagined look upon an imagined face, and all
remembered glimpses
of past times

drifting upward now –
quick & quick –
seeking the air
in droves

here the golden one
here the hungry one
here the singing one
this one, afraid

each tail has slipped its mooring as
sunlight calls through whispering water
urgent for redemption

craving the air &
all good things
that may happen there

deep plants remain and growing
seahorses ever hopeful

rise & rise

seepferdchenwanderungen

wenn unsere geschichten aufsteigen
aus ihren tief verwurzelten orten, verliebe ich mich in sie

sie werden aufgerufen von
irgendeiner kleinen frage
einer zufälligen begegnung

einem gedachten ausdruck auf einem gedachten gesicht, und alle
erinnerten anblicke
vergangener zeiten

schweben jetzt hinauf –
schnell & schneller –
suchen die luft
in schwärmen

hier der goldene
hier der hungrige
hier der singende
der hier, ängstlich

jeder schwanz ist aus seiner verankerung geschlüpft während
sonnenlicht durch wisperndes wasser ruft
erlösung tut not

sie lechzen nach luft &
allen guten dingen
die da oben geschehen mögen

pflanzen der tiefe bleiben und wachsende
seepferdchen stets voller Hoffnung

steigen höher & höher

poems poems poems

I used to live across the street from a strip joint
my eldest son & his friend mortified me to no end

after we'd stepped over the needles and codoms
all the way to kindergarten and / or the corner store

we would pause for the light to cross the street
and the pulsing music would cause these five-year-old boys

to dance! dance with elation! how
can i hold a sour look

given the hilarity
i am feeling

now my son is twenty-one
moving out this weekend with his king-size bed

i am building a poetry joint across the way
poems! poems! poems! on display

gedichte gedichte gedichte

Ich wohnte früher gegenüber von einem stripteaselokal
mein ältester sohn & sein freund brachten mich ewig in verlegenheit

wenn wir über die spritzen und kondome gestiegen waren
auf dem weg zum kindergarten und / oder dem laden an der ecke

warteten wir auf die ampel um über die straße zu gehen
und die wummernde musik brachte diese zwei fünfjährigen immer

zum tanzen! tanzen mit begeisterung! wie
kann ich da sauer schauen

bei der fröhlichkeit
die ich spüre

jetzt ist mein sohn einundzwanzig
zieht dieses wochenende aus mit seinem kingsize-bett

ich baue ein lyriklokal auf der anderen straßenseite
gedichte! gedichte! gedichte! in der auslage

constance

with thanks to Connie Fife

when i was pregnant, she told me
reaching back more than twenty years
for the memory

i put sunflower seeds on my belly
i used to read aloud to my son
so he could hear our bones

i love our voices, she said

some gifts are true, uprising
from the core of human being

these outweigh the lesser gifts

chickadee & sparrow flutter down
lured by the seeds and undisturbed
by our voices

i put your hand on my belly
i invite you to read this aloud
i want to listen to our bones

& to love our voices, for a little while

konstanz

mit dank an Connie Fife

als ich schwanger war, erzählte sie mir
eine erinnerung von
vor mehr als zwanzig jahren

ich legte sonnenblumenkerne auf meinen bauch
ich las meinem sohn immer laut vor
so dass er unseren knochen lauschen konnte

ich liebe unsere stimmen, sagte sie

manche gaben sind aufrichtig, steigen auf
aus dem kern des menschseins

sie wiegen schwerer als die leichteren gaben

meisen & spatzen flattern herab
angelockt von den körnern und nicht gestört
von unseren stimmen

ich lege deine hand auf meinen bauch
ich lade dich ein dies laut vorzulesen
ich möchte unseren knochen lauschen

& unsere stimmen lieben, ein weilchen

gift bearing a gift

thinking about john newlove
his alcoholic dad, his own child alcoholism
his leaving the prairie
and living on welfare
in vancouver
his eventual fame
his eventual sobriety
the way he is remembered
by his friends
by his fans
for his poetic hands
steady on the wheel of his works
while all else is disarray

depression and that thin line
of hope along the horizon
eyes damp with life's possibilities
while the siren calls from within, all
devastation embedded and encountered
luring the gaze inward
you can survive this, it's true
decisions have to be made
a body used to carve a mark
of self-pity on an alley wall, or
a taming of the sirens and
a few years left for balance

gabe, die eine gabe bringt

john newlove ist mir im sinn
sein vater, der alkoholiker, seine eigene alkoholsucht als kind
dass er die prärie verließ
und von der wohlfahrt lebte
in vancouver
sein späterer ruhm
seine spätere abstinenz
wie an ihn gedacht wird
von seinen freunden
von seinen fans
weil seine dichterhände
stets ruhig auf dem steuer seiner werke liegen
während alles andere unordnung ist

depression und jene dünne linie
von hoffnung am horizont
augen feucht vor lebensmöglichkeiten
während die sirene von innen ruft, die ganze
verwüstung verinnerlicht und konfrontiert
lockt den blick nach innen
du kannst das überleben, stimmt schon
entscheidungen müssen getroffen werden
jemand ritzte immer ein zeichen des
selbstmitleids an eine gassenmauer, oder
die sirenen zähmen und
noch ein paar jahre zum ausgleich

attention on the i & thou
a final assessment of
the reality you are
a gift bearing a gift bearing fruit
fruit so wild and sweet
poems so succulent
we are disarmed
eye-damp beauty

aufmerksam achten auf das ich & du
eine letzte beurteilung der
realität, die du bist
gabe, die eine gabe bringt, frucht trägt
frucht so wild und süß
gedichte so voller saft
wir sind entwaffnet
augen-feuchte schönheit

a bloody man imposes his redness on dinner: forgotten poem

with thanks to Sam Kaufman

a bloody man imposes his redness on dinner
beginning in the morning, hunted and proceeded
to slaughter, but forgetting

to ask permission first
to leave offerings
to give thanks

home again after, careful to wash
lifeblood from arms and hands and boots
missing the spray across his right ear entirely

proceeding to table, but forgetting
still

to ask permission first
to leave offerings
to give thanks

child eyes down behind lowered lids
lids thin as leaves in the forest sheltering birds
scent of blood and soap and dinner

intermingling

flushed cheeks all around
mouths
slowly chewing silence

ein blutbefleckter mann nötigt dem abendessen seine röte auf: vergessenes gedicht

mit dank an Sam Kaufman

ein blutbefleckter mann nötigt dem abendessen seine röte auf
er ging morgens los, jagte und ging dann über
zum schlachten, aber vergaß

zuerst um erlaubnis zu bitten
opfer zu bringen
dank zu sagen

danach wieder zu hause, wusch er sorgfältig
lebensblut von armen und händen und stiefeln
vergaß völlig den spritzer über sein rechtes ohr

ging zu tisch, aber vergaß
immer noch

zuerst um erlaubnis zu bitten
opfer zu bringen
dank zu sagen

kinderaugen gesenkt hinter gesenkten lidern
lider so dünn wie blätter im wald, die vögel verstecken
geruch von blut und seife und abendessen

vermischt sich

gerötete wangen allenthalben
münder
kauen langsam das schweigen

Sah kee too win (elder's voice)

with thanks to Maria Campbell

When the shouting man emerges
over dinner, and a child flies up
the stairs to safety, the others
hunkered down in their chairs

when i rise up and work to divert
the flow of venom, the words
sah kee too win
are very far from my mind

later on, though, the words
drift back, like a butterfly
migration, and i remember
to pass them on to you

slowly, over time, my body
unclenches, her words
just continue writing love poems
roll through me, soothing

she tells us, the closest words to love
in Cree, *sah kee too win*
"holding each other close
as in kindness, warmth, and safety"

Sah kee too win (stimme einer ältesten)

mit dank an Maria Campbell

Wenn der brüllende mann auftaucht
beim abendessen, und ein kind sich die treppe
hinauf in sicherheit flüchtet, die anderen
hingekauert auf ihren stühlen

wenn ich aufstehe und versuche
den giftfluss abzulenken, liegen mir die worte
sah kee too win
sehr fern

später jedoch kehren die worte
zurück, wie eine schmetterlings-
wanderung, und ich denke daran
sie an dich weiterzugeben

langsam, mit der zeit, entkrampft
sich mein körper, ihre worte
schreib einfach weiter liebesgedichte
klingen in mir, beruhigend

sie sagt uns, was dem wort liebe
in Cree am nächsten kommt, *sah kee too win*
„einander festhalten
wie in güte, wärme und sicherheit"

writers in exile (cordillera)

i would like to invite you
one day, to tell me your story.
here's mine:

i was in the trailer reading a novel
Vanity Fair, Where the Red Fern Grows, or
My Friend Flicka

one of those three, i read them all
in the hot grass & in the cool trailer
that summer

she came for a visit, slipped into
the trailer for privacy, started
moving her clothes all around

& looking at her own body
i kept reading
she drew my attention finally

look at this, & look at this
showing me the bruises
all over her back, front, both arms

she told me who did it, & when, & then
showed me the diamond ring
he'd given her, too.

i cling to this refuge
of ocean & sky, i hold tight
gather cordillera between anxious fingers

autoren im exil (cordillera)

ich würde dich gern einmal einladen
mir deine geschichte zu erzählen.
hier ist meine:

ich war im wohnwagen, las einen roman
Jahrmarkt der Eitelkeit, Eigentlich hätte es ein herrlicher Sommertag
werden können oder *Mein Freund Flicka*

einen dieser drei, ich las sie alle
im heißen gras & im kühlen wohnwagen
in jenem sommer

sie kam zu besuch, schlüpfte in
den wohnwagen, um für sich zu sein, begann
ihre kleider überall hochzuschieben

& ihren körper zu betrachten
ich las weiter
schließlich zog sie meine aufmerksamkeit auf sich

schau dir das an, & schau das hier
zeigte mir die Blutergüsse
überall auf ihrem rücken, ihrer brust, beiden armen

sie sagte mir, wer es getan hatte, & wann, & dann
zeigte sie mir den diamantring
den er ihr auch noch geschenkt hatte.

ich klammere mich an diese zuflucht
von meer & himmel, halte sie fest
raffe die cordillera mit ängstlichen fingern

draw them up against me
like a grandmother quilt, to keep me
warm & safe from these night visions

arriving as i did, on the coast, a refugee
with a broken heart & bruise minnows
swimming my neck.

ziehe sie hoch über mich
wie einen großmutter-quilt, um mich
warm zu halten & sicher zu sein vor diesen   nachtgesichten

bin ich doch an der küste angekommen als ein flüchtling
mit gebrochenem herzen & blutergussfischchen,
die auf meinem nacken schwammen.

world shapers

creation stories are lullabies
for grown-ups
they remind us of all the possible
ways & means
that worlds can be born
& humans come to be

tricksters & goddesses
fire & water
the one god, or all of the gods
working as a team

world-makers
world-shakers
world-breakers

there is no end to the doing & the undoing
of our creators
they have imagined us over & over & over
recreating us & recreating our world
on a whim

there is no end to us humans, either
we keep re-inventing the cosmos & fighting
one another's visions
with killing hands

we have our feast times
& our fast times
our celebrations & our long days & nights
of lament

weltenformer

schöpfungsgeschichten sind schlaflieder
für erwachsene
sie erinnern uns daran, auf wie viele
arten & weisen
welten geboren werden
& menschen entstehen können

trickster & göttinnen
feuer & wasser
der eine gott, oder alle götter
die als team zusammenarbeiten

welten-macher
welten-schüttler
welten-zerbrecher

das schaffen & zerstören
unserer schöpfer hat kein ende
sie haben sich uns ausgedacht, wieder & wieder & wieder
uns neu geschaffen & unsere welt neu geschaffen
aus einer laune heraus

auch wir menschen haben kein ende
wir erfinden den kosmos immer wieder neu & bekämpfen
die visionen der anderen
mit händen, die töten

wir haben unsere festzeiten
& unsere fastenzeiten
unsere feiern & unsere langen tage & nächte
der klage

yet we are not powerless
we reinvent, we shape and
reshape the world, every
single day

doch sind wir nicht machtlos
wir erfinden die welt neu, wir formen und
formen sie neu, jeden
einzelnen tag

knotwork tapestry

i dream that we follow a knotted string
all the way back to our deepest selves

holding the vision, steadily working
the small weave with delicacy

accumulation of unattended details, loose threads
lack of conclusion on every front may undo

picking up more & more beginnings
new colours and shapes forming

under my hands
mid-weave is an uncertain place

mid-weave is an uncertain place
under my hands

new colours and shapes forming
picking up more & more beginnings

lack of conclusion on every front may undo
accumulation of unattended details, loose threads

the small weave with delicacy
holding the vision, steadily working

all the way back to our deepest selves
i dream that we follow a knotted string

geknoteter wandteppich

ich träume wir folgen einem geknoteten faden
zurück bis in unser tiefstes selbst

die vision fest im blick, bearbeiten wir stetig
mit feingefühl die kleine weberei

die ansammlung unbeachteter details, lose fäden
fehlender abschluss auf allen seiten kann sie auflösen

ich nehme immer mehr anfänge auf
neue farben und formen bilden sich

unter meinen fingern
mitten im gewebe ist ein unsicherer ort

mitten im gewebe ist ein unsicherer ort
unter meinen fingern

bilden sich neue farben und formen
ich nehme immer mehr anfänge auf

fehlender abschluss auf allen seiten kann sie auflösen
die ansammlung unbeachteter details, lose fäden

die kleine weberei bearbeiten wir stetig
mit feingefühl, die vision fest im blick,

zurück bis in unser tiefstes selbst
träume ich wir folgen einem geknoteten faden

floruit

Floruit: L. , fl., the time of flourishing
Fruit: O.Fr., harvest, virtuous action

the light bulb and my coat together have made
a lovely lingam on the floor beside
the table's shade

the voice of the sleeve
sings of hidden matters

floruit

Floruit: lat., fl., Blütezeit
Fruit: alt-frz., Erntezeit, tugendhafte Tat

die glühbirne und mein mantel haben zusammen
auf dem boden ein liebevolles lingam geformt neben
dem schatten des tisches

die stimme des ärmels
singt von verborgenen dingen

Garry Gottfriedson

This Holy Place

I was born with songs
surging from my throat
swirling in the blood of my life-givers
tossing in the currents
of trickster stories
of my Secwépemc ancestors

still fresh in my mind is
their last living image
standing on the shores of *setétkwe*
the river where my grandchildren now stand
humming songs to pull salmon from water to sky
tumbling in the waves at the banks and riverbeds of time

my long-gone relatives rattle
and drum small holy songs
atop the rippling river's waves
that lead to the lakes and headwaters
where the Salmon and Saskatoons
offer their spirits to us

we call this land Secwepemcúlucw

so powerful, so strong
they bend the ears of kindred spirits
filling hearts, our hearts
with courage to speak
for this land
for this water

Dieser heilige Ort

Ich wurde mit Liedern geboren
die aus meiner Kehle stiegen
im Blut meiner Lebensspender kreisten
in den Strömen der
Trickster-Geschichten
meiner Secwépemc-Ahnen wirbelten

noch frisch in meiner Erinnerung ist
ihre letzte lebende Erscheinung
wie sie an den Ufern des *setétkwe* standen
des Flusses an dem nun meine Enkel stehen
Lieder summen um Lachse aus dem Wasser in den Himmel
zu ziehen
herumtollen in den Wellen an den Ufern und in Flussbetten
der Zeit

meine lang verschwundenen Verwandten spielen
mit Rassel und Trommel kurze heilige Lieder
über den Wellen des sich kräuselnden Flusses
die zu den Seen und dem Quellgebiet führen
wo Salmon und Saskatoons
uns ihre Geister offenbaren

wir nennen dieses Land Secwepemcúlucw

so mächtig, so stark
sie neigen das Ohr verwandter Geister
füllen die Herzen, unsere Herzen
mit dem Mut das Wort zu ergreifen
für dieses Land
für dieses Wasser

for our future
for this holy place

für unsere Zukunft
für diesen heiligen Ort

Secwépemc: Angehörige des Shuswap-Volkes
Setétkwe: Fluß
Secwepemcúlucw: Land der Shuswap

The Land's Skin

the frost thickens by night
seeping into earth by day

the land's skin makes ready
an armour for winter

heavy fog shields the sun by morning
lifts leaves to age by mid-day

transformation is difficult
but the skin sheds death

Die Haut des Landes

der Raureif wird dicker über Nacht
sickert tags in die Erde

die Haut des Landes bereitet sich
eine Rüstung für den Winter

dichter Nebel schirmt morgens die Sonne
hebt Blätter die bis zum Mittag altern

Verwandlung ist schwierig
aber die Haut schuppt den Tod

Confusion

perhaps my poetry may entice
desire on sleepless nights
creating a mixed-blood
salad infusion
of saskatoons and eulachon

perhaps it is an expression
of the need to conquer
a sophisticated form of colonialism
a confused delusion of reconciliation
that terrifies and delights at once

perhaps this is why my poetry is
an arrow pointing at hearts
for those who are alive
remembering
the dead have yet to be heard

perhaps I am tired now
and have a headache
let me sleep

Verwirrung

vielleicht weckt meine Dichtung
den Wunsch in schlaflosen Nächten
eine Mischlings-
Salatbeigabe zu kreieren
aus Saskatoon-Beeren und Kerzenfisch

vielleicht drückt sich in ihr
das Verlangen aus eine raffinierte
Form des Kolonialismus zu überwinden
einen verwirrten Wahn von Versöhnung
der zugleich erschreckt und beglückt

vielleicht ist meine Dichtung deshalb
ein Pfeil der auf Herzen zielt
für jene die noch leben
und sich erinnern
dass die Toten noch gehört werden müssen

vielleicht bin ich jetzt einfach müde
und habe Kopfweh
lasst mich schlafen

And Just Like That

and just like that,
it all comes out

beyond just a story, truth
deep down inside

the residential schools
their stories from survivors

the sun sees it all
surfacing

murdered and missing women
now driven by blood red songs

"reconciliation" so they call it
is not black and white words

skinning thin layers
off the tongue

reconciliation is admitting
prey was at stake

lives gunned down
in the name of church and crown

and just like that,
it all comes out

Und einfach so

und einfach so
kommt alles heraus

mehr als nur eine Geschichte, die Wahrheit
tief im Inneren

der Internate
die Geschichten ihrer Überlebenden

die Sonne sieht alles
zum Vorschein kommen

ermordete und vermisste Frauen,
jetzt von blutroten Liedern getrieben

„Versöhnung" wie sie es nennen,
heißt nicht schwarze und weiße Wörter

die dünne Schichten
von der Zunge häuten

Versöhnung heißt zuzugeben
dass es um Beute ging

im Namen von Kirche und Krone
zusammengeschossene Leben

und einfach so
kommt alles heraus

Foreigner

I have been a foreigner
in many places in this world
misplaced in the minds of others

my skin is the scent of Secwepemcúlucw
a rez Indian, a foreigner
in my own homeland

can you imagine that?

Ausländer

ich war ein Ausländer
an vielen Orten dieser Welt
falsch abgelegt im Kopf von anderen

meine Haut hat den Geruch von Secwepemcúlucw
ein Reservat-Indianer, ein Ausländer
in meinem eigenen Heimatland

könnt ihr euch das vorstellen?

Teníye

solitude
you own it,
old man moose

in Secwepemcúlucw
the weight of your bones
leaves imprints
your wild hair, a bushman's beard
a trademark for an open-sight gun
gun, a trigger
gun, a weapon
gun pointing at your heart, at your head
bowed above meadow grass
a lark chatters
the grass bends brown
sweaty palms,
an eye staring down the barrel
the discharge, the smell of gunpowder
and then the explosion
your last breath, a prayer

Teníye

Einsamkeit
dir gehört sie,
Elch, Großvater

in Secwepemcúlucw
hinterlässt das Gewicht deiner Knochen
Abdrücke
dein wildes Haar, eines Buschmanns Bart
markiert dich zum Abschuss für ein Gewehr mit offenem Visier
Gewehr, ein Abzug
Gewehr, eine Waffe
Gewehr, das auf dein Herz zielt, auf deinen Kopf
der sich über Wiesengras beugt
eine Lerche schwatzt
das Gras neigt sich braun
schwitzende Hände
ein Auge, das den Lauf entlang starrt
das Abfeuern, der Pulvergeruch
und dann die Explosion
dein letzter Atemzug, ein Gebet

teníye: Elch

Múlc

like the wet leaves of poplar shivering
drizzle, shaking off the blue
foreign eyes streaming fear,
we turned our backs
on all the dead white men
we buried in the sweetgrass smoke
expelled them all to their heaven

múlc — we named the poplar long before
the white man transformed himself to *Skalúla7*
the monster slicing Secwepemctsín from our holy tongues
when we swallowed the Queen's words
and she bled *múlc* from our throats and tongues
forgetting such words born from this land
forgetting their origins

instead, we watched the blue eyes of the whites
searching out the breasts of our women
who kept them alive, fed them, clothed them
nursed them back to tyranny
their ache for gold rotting their teeth
they divided the land into reservations
and broke the backs of Asians

their lust for a terra incognita
fouled the salmon rivers
brought in the mission men
forced our children
into residential schools
stripped the land of *múlc*
why did we not see it?

Múlc

wie die nassen Blätter von Pappeln Niesel
herabzittern, haben wir die blauen fremden
Augen abgeschüttelt, aus denen Furcht strömt,
haben all den toten weißen Männern
den Rücken zugewandt, sie
im Süßgras-Rauch begraben,
sie alle in ihren Himmel verscheucht.

múlc – nannten wir die Pappel lange bevor
der Weiße Mann sich in *Skalúla7* verwandelte,
das Monster, das Secwepemctsín von unseren heiligen Zungen schnitt,
als wir die Wörter der Königin schluckten
und sie *múlc* aus unseren Kehlen und Zungen herausbluten ließ,
wir solche Wörter vergaßen, die dieses Land geboren hatte,
ihre Wurzeln vergaßen

stattdessen folgten wir den blauen Augen der Weißen,
wie sie die Brüste unserer Frauen suchten,
die sie am Leben hielten, sie nährten, sie kleideten,
sie zurück zur Gewaltherrschaft pflegten,
wo ihr Schmachten nach Gold ihre Zähne faulen ließ,
sie teilten das Land auf in Reservationen
und brachen Asiaten das Rückgrat

ihr Hunger nach einer terra incognita
verschmutzte die Lachsflüsse,
brachte die Missionare,
zwang unsere Kinder
in Internatsschulen,
entblößte das Land von *múlc*
warum haben wir es nicht gesehen?

in the beginning, our wet and sticky eyes
were drawn to *múlc* singing
a melodic flutter awakening
the dance on forest floors, amid streams
trickling to rivers, and air, and sky
finally, returning home
for someone to remember you — *múlc*

your name, your sweet-scented body
your seeping sap nourishing
making medicine to keep
alive hearts barely beating
this word — your name
this tree — your love
wet and shivering has lived

even when wildfires raged
in the hearts of outlandish men
and our prayers, our feeble prayers
are heard by you, as we trek back
lie down beneath your soft tears
and thank you for our life-givers
forever more

am Anfang wurden unsere nassen, verklebten Augen
zu *múlc* hingezogen, ihr Gesang ein
melodisches Schwirren, das den Tanz
auf dem Waldboden weckte, zwischen Flüssen,
die zu Strömen plätscherten, und Luft, und schließlich
Himmel, als wir den Weg heimfanden,
damit jemand sich an dich erinnere – *múlc*

deinen Namen, deinen süß-duftenden Leib
deinen tröpfelnden nährenden Saft,
aus dem Medizin wird, um kaum noch
schlagende Herzen am Leben zu halten,
dieses Wort – dein Name
dieser Baum – deine Liebe,
nass und zitternd, hat überlebt

sogar als Buschfeuer in den Herzen
von fremdartigen Menschen tobten
und unsere Gebete, unsere schwachen Gebete
werden von dir erhört, während wir zurückwandern,
uns unter deinen sanften Tränen niederlegen
und dir danken für unsere Lebensspender
auf immer und ewig

Skalúla7: Kindheitsmonster
Secwepemctsín: die Shuswap-Sprache

Clear Memory

the years whip
grey into the hair
oh so subtly

we have lived through
many storms
dreamed many nights away

time softened our hearts
brushed clear memory
out on the yellow canvas of sky

another night meant bones rested
another day meant life renewed
another year meant new stories

some things are meant
to be forgotten
but I remember all of you

Klare Erinnerung

die Jahre treiben
Grau ins Haar
ach so sacht

wir haben viele
Stürme durchlebt
viele Nächte weggeträumt

die Zeit machte unsere Herzen weich
kehrte Erinnerung frei
draußen auf der gelben Leinwand des Himmels

eine weitere Nacht hieß Ruhe für die Glieder
ein weiterer Tag hieß neues Leben
ein weiteres Jahr hieß neue Geschichten

manche Dinge sollte man
vergessen
aber dich erinnere ich ganz und gar

Jasper

I see the sad
maps in your eyes

you were born
in someone else's heart

and you wouldn't let me
trace the path

along your spine
my fingertips trembling

the throaty sound of crow
and rain drumming

swallows up the Rockies
rivers teeming in Jasper

I see your exit now
a turnoff near

they all have names
they are rich with names

offering obsidian love
in your curving path

melting into light
to find home

the fire is lit
and burns every memory

Jasper

ich sehe die traurigen
Landkarten in deinen Augen

du wurdest im Herzen
eines anderen geboren

und wolltest mich nicht
der Spur folgen lassen

deine Wirbelsäule entlang
mit zitternden Fingerspitzen

der kehlige Laut der Krähe
und trommelnder Regen

verschluckt die Rockies
wimmelnde Flüsse in Jasper

ich sehe jetzt deine Ausfahrt
eine Abzweigung nahe

alle haben sie Namen
sind reich an Namen

bieten Obsidian-Liebe
auf deinem gewundenen Weg

der mit dem Licht verschmilzt
um heim zu finden

das Feuer ist angezündet
und verbrennt alle Erinnerung

My Voice

for Violet

there will come a day
when my voice will not be heard

this body will fall
into a solemn hush

the scent of me will still be fresh
in the room where my last breath let go

the corridors of my house will be full
of my struggles for our language

the life I left behind
is the world I built for you

those who savoured my words
will know that regret is only a word

for life is about living
and death is perpetual silence

Meine Stimme

für Violet

ein Tag wird kommen
an dem meine Stimme nicht mehr zu hören ist

dieser Leib wird in
eine feierliche Stille sinken

der Geruch von mir wird noch immer stark sein
in dem Zimmer in dem mein letzter Atem losgelassen hat

die Flure meines Hauses werden voll sein
von meinen Kämpfen um unsere Sprache

das Leben das ich zurückgelassen habe
ist die Welt die ich für dich errichtet habe

jene die meine Worte genossen haben
werden wissen dass Bedauern nur ein Wort ist

denn im Leben geht es ums Leben
und der Tod ist immerwährendes Schweigen

Last Night

I looked the man in the eye
a hand swiping at blurred lines
in a steamed-over mirror
after an early morning shower
an overnight stranger appears
staring back zoning in
on the ruffled sheets
the clothes strewn across the cold floor
for the fire went out
last night

Gestern Abend

ich blickte dem Mann in die Augen
eine Hand wischte unscharfe Linien ab
auf einem beschlagenen Spiegel
nach einer frühmorgendlichen Dusche
erscheint ein fremder Übernachtungsgast
starrt zurück blickt umher
auf die zerknüllten Laken
die auf dem kalten Boden verstreute Kleidung
denn das Feuer ging aus
gestern Abend

Guns and Words

these shadow words
blackness between the spaces of teeth
bold and raw barnacles sticking to gums
that make the Canadian stutter
since truth is hidden behind lips
and across this mosaic land
a crop of lies — Canada's
bequest to the world

and I have given my life
I am the mixed blood of contempt
the reminder of the white man's survival in the fur trade
the curse of my original ancestors
yet my mother's people put me on a mountain
so that my own salvation would drip
from the sweat and tears I offered as prayer
to build a future for my Secwépemc grandchildren

no vision was offered
but the words of my ancestors
streamed from my mouth
using the weapon of the white man
to speak the sounds of my blood
into an English-speaking world
because what is believed
is the ink that splatters on paper

Waffen und Wörter

diese Schattenwörter
Schwarzes in den Zahnzwischenräumen
freche rohe Muscheln die am Zahnfleisch kleben
und den Kanadier stottern lassen
denn Wahrheit ist hinter den Lippen verborgen
und über dem Mosaik dieses Landes
eine Ernte von Lügen – Kanadas
Vermächtnis an die Welt

und ich habe mein Leben gegeben
als Mischling bin ich aus Verachtung geboren
die Erinnerung an das Überleben des Weißen Mannes beim
Pelzhandel
der Fluch meiner ursprünglichen Ahnen
doch die Familie meiner Mutter brachte mich auf einen Berg
damit meine eigene Rettung aus Schweiß und Tränen
sickern würde die ich darbot als Gebet
um eine Zukunft zu bauen für meine Secwépemc-Enkel

keine Vision bot sich dar
aber die Worte meiner Ahnen
strömten aus meinem Mund um
mit der Waffe des Weißen Mannes
dem Klang meines Blutes eine Stimme zu geben
hinein in eine englischsprachige Welt
denn geglaubt wird nur
die Tinte die sich auf Papier ergießt

even though I am nothing
and have nothing
only volcanic poetry
will you still point a gun at me?

obwohl ich nichts bin
und nichts habe
außer vulkanischen Gedichten
richtest du noch immer dein Gewehr auf mich?

Pamela Porter

Emily and I

Together in her drafty attic
we write our letters to the world.
Her lamp sputters, the light poor.

In the frame of her window the sun's last
spreads over Amherst's houses.

She let me in when I bragged I was nobody
and now sends me downstairs
to scrounge more paper –
envelopes, she insists – *envelopes.*

I creep down the creaky stairs.
Try to silence the swinging kitchen door.

Everyone's out but her pipe-smoking father
who won't spend a penny on paper.
He doesn't see my hand lift the wooden box
where he tosses the trash.

I sift out all the envelopes.
Take them up to Emily
and our fevered unfolding begins.

How she cringes when I make the tiniest tear.
This part takes time – the careful unhinging,
the smoothing.

She hands me a pen, an ink pot.
We go to work.

Emily und ich

In ihrem zugigen Dachzimmer
schreiben wir gemeinsam unsere Briefe an die Welt.
Ihre Lampe flackert, das Licht schwach.

Im Fensterrahmen breitet sich das letzte Sonnenlicht
über die Häuser von Amherst.

Sie ließ mich ein, als ich prahlte ich sei niemand,
und schickt mich jetzt nach unten,
um mehr Papier zu stibitzen –
Briefumschläge, betont sie – *Briefumschläge*.

Ich krieche die knarrende Treppe hinunter.
Versuche lautlos die schwingende Küchentür zu öffnen.

Alle sind fort außer ihrem pfeifenrauchenden Vater,
der keinen Cent für Papier ausgeben mag.
Er sieht nicht, wie meine Hand die Holzkiste hebt,
in die er den Abfall wirft.

Ich siebe alle Briefumschläge heraus.
Bringe sie nach oben zu Emily,
und unser fieberhaftes Entfalten beginnt.

Wie sie zusammenzuckt, wenn ich den kleinsten Riss mache.
Dieser Teil braucht Zeit – das sorgfältige Lösen,
das Glätten.

Sie reicht mir eine Feder, ein Tintenfass.
Wir machen uns an die Arbeit.

What I'll remember most
is her shadow on the wall – her hand,
and the pen large, swift,

and her hair – not pulled tight,
but down, free – almost, I would say,
wild.

Was ich nie vergessen werde
ist ihr Schatten an der Wand – ihre Hand,
und die Feder groß, schnell,

und ihr Haar – nicht straff gebunden,
sondern offen, frei – fast möcht ich sagen,
wild.

Living with her

Grief walked in with her musty coat
and her grimy fingernails and will not leave.
She will not depart from any door.
She has made herself a bed on the floor
next to mine, beside the piles of books.
Some nights I wake to find her
reading the saddest poems.
She's the head honcho now.
She lays down the rules.
No glittering like the sun on water.
No singing. No marvelling at the sky.
No delicate teacups, dainty spoons,
no flowers in vases, no feeding the birds.
Until I am cleansed.
I ask when will I be cleansed.
But she is busy scraping the night of stars.

Mit ihr leben

Kümmernis kam herein in ihrem muffigen Mantel,
mit ihren schmutzigen Fingernägeln, und will nicht mehr
gehen.
Sie steht an jeder Tür.
Sie hat sich ihr Bett auf dem Boden gemacht,
neben meinem, neben den Bücherstapeln.
Manchmal wache ich nachts auf und sehe wie sie
die traurigsten Gedichte liest.
Sie ist jetzt der Oberboss.
Sie legt die Regeln fest.
Kein Glitzern wie Sonne auf Wasser.
Kein Singen. Kein Himmelbestaunen.
Keine feinen Teetässchen, zierlichen Löffelchen,
keine Blumen in Vasen, die Vögel nicht füttern.
Bis ich gereinigt bin.
Ich frage, wann ich gereinigt sein werde.
Aber sie kratzt lieber die Sterne von der Nacht ab.

Portrait of the artist with Yu Xuanji (840-868)

Ink stone in one hand, brush in the other;
swallows wet-beaked from carrying mud.
I know – it's all about the poem.

There is something she needs to tell.
She has searched for the words all this time:
water fits itself to the vessel.
A pail, a pond, a world.

She liked plum and peach blossom together,
sang when no one could hear,
her flutes neglected in a corner of the room.
In this way we are one, Xuanji and I.

And that's not the half of it. I too believe
a little makeup hides imperfections, grief;
before you know it, suddenly you find
ten autumns have gone past.

Bamboo groves make worthy companions.
So do firs, a forest, rusty wire fence.
Out with my horses under the moon,
I don't need a lamp.
And you should see my books –
strewn everywhere, like yours.

Porträt der Künstlerin mit Yu Xuanji (840-868)

Tuschestein in einer Hand, Pinsel in der anderen;
Schwalben mit vom Schlamm nassen Schnäbeln.
Ich weiß – es geht um das Gedicht.

Es gibt etwas, das sie sagen muss.
Sie hat die ganze Zeit nach den Wörtern gesucht:
Wasser passt sich an das Gefäß an.
Einen Eimer, einen Teich, eine Welt.

Sie mochte Pflaumen und Pfirsichblüten zusammen,
sang, wenn niemand sie hören konnte,
ihre Flöten unbeachtet in der Ecke des Zimmers.
Auf diese Weise sind wir eins, Xuanji und ich.

Und das ist noch lange nicht alles. Auch ich glaube,
dass ein bisschen Make-up manchen Makel verdeckt, Kummer;
bevor du es ahnst, merkst du plötzlich,
dass zehn Herbste vergangen sind.

Bambushaine sind wertvolle Gefährten.
Auch Tannen, ein Wald, rostige Drahtzäune.
Draußen mit meinen Pferden unter dem Mond
brauche ich keine Lampe.
Und du solltest meine Bücher sehen –
überall verstreut, wie deine.

How shall we care for the things of this world?
Feather by feather, stone by stone, blade by blade.
Each an illuminated manuscript,
a fallen bird, an open book the rain has found.

Open the cage. Let the crane fly free.

Lines in italics are taken from the poems of Yu Xuanji.

Yu Xuanji was a Chinese poet of the late Tang Dynasty. Little is known of her life, yet her poems are distinctive in that she wrote in an autobiographical style instead of using a persona, as was customary at the time. She was put to death at the age of twenty-eight. Her volume of complete poems, The Clouds Float North, *is published by Wesleyan University Press.*

Wie können wir für die Dinge dieser Welt sorgen?
Feder um Feder, Stein um Stein, Klinge um Klinge.
Jedes ein illuminiertes Manuskript,
ein gefallener Vogel, ein offenes Buch, das der Regen fand.

Öffne den Käfig. Lass den Kranich fliegen.

Kursiv gesetzte Zeilen sind den Gedichten von Yu Xuanji entnommen.

Yu Xuanji war eine chinesische Dichterin der späten Tang-Dynastie. Über ihr Leben ist wenig bekannt, doch ihre Gedichte sind ungewöhnlich, weil sie in einem autobiographischen Stil schrieb und keine Persona benutzte, wie es damals üblich war. Sie wurde im Alter von achtundzwanzig Jahren hingerichtet. Ihre gesammelten Gedichte wurden unter dem Titel The Clouds Float North *von der Wesleyan University Press publiziert.*

Mrs. Einstein

You made me laugh when you started threatening
me with your recollections ...
when someone is completely insignificant, there is
nothing else to say to this person but to remain
modest and silent. This is what I advise you to do.
ALBERT EINSTEIN

Listen, Mileva – you can hear it: a sound
like rats scratching inside the walls
of your brain. One is the publisher
who erased you, left a single author
to the paper; another is Albert's mother
who says, at thirty you're an old hag,
you don't measure up. Mileva, you're a ship
rocking on the waves; your hands
grip the mooring rope day and night.
We have the letters, the ones
Albert wrote, tucked in the holds, some
for a century. How they boast of your brilliance.
Mileva, even faded ink cannot lie.
My tears will not prevent me telling you
some things have not changed.
It begins like this: you outscore all the boys
on the physics test. Including Albert.
On the oral portion the professor fails you.
No diploma for you, and that's that.
You can't overcome this, this
being a woman. No matter
the bare light bulb hanging from the ceiling,

Frau Einstein

Ich musste lachen als du anfingst, mich mit deinen
Erinnerungen zu bedrohen ...
wenn jemand völlig bedeutungslos ist, dann kann man
einer solchen Person nur raten, sich bescheiden und still
zu verhalten. Das ist mein Rat für dich.

ALBERT EINSTEIN

Hör mal, Mileva – du kannst es hören: ein Geräusch
wie Ratten, die in den Mauern deines
Hirns kratzen. Eine ist der Verleger,
der deinen Namen strich und dem Artikel
nur einen Autor ließ; eine andere ist Alberts Mutter,
die sagt, mit dreißig bist du ein altes Weib,
du bist nicht gut genug. Mileva, du bist ein Schiff,
das sich auf den Wellen wiegt; deine Hände
greifen das Haltetau Tag und Nacht.
Wir haben die Briefe, jene, die
Albert schrieb, versteckt im Laderaum, manche
hundert Jahre lang. Wie sie prahlen, wie brillant du bist.
Mileva, selbst verblasste Tinte kann nicht lügen.
Meine Tränen hindern mich nicht, dir zu sagen,
dass sich manches nicht geändert hat.
So fängt es an: du bist besser als alle Jungen
in der Physikprüfung. Sogar besser als Albert.
In der mündlichen Prüfung lässt dich der Professor durchfallen.
Kein Diplom für dich, und das war's dann.
Darüber kommst du nicht weg:
du bist nur eine Frau. Ganz gleich ob
die nackte Glühbirne von der Decke hängt,

the stove gone out, you and Albert
late into the night working; no matter
your part, your corrections to his math –
the sum belongs to him. Now
you're pregnant and still he won't marry you.
The ship is taking on water, Mileva.
Your first, a daughter, secreted away.
To this day no one can find her.
Then two sons you get to keep, one sent
to an asylum, where penniless,
you lived with him. A bed on the asylum floor.
A schizophrenic and a woman unfit
for the world. Remember, Mileva – think
of the sirens who sang to the men
across the wine-dark seas, their hair
lifting in salt wind, the women
sages with hidden knowledge, their song
riding the drafts higher and higher,
the men chasing after.
When Mileva is no longer there, I can die in peace –
the letter scribed in Albert's hand.
If only for a little while, Mileva, for just an hour,
look down from where you are.
Here, I'll turn the pages. See
what they are saying about you now.

For more information on Mileva Einstein's contribution to physics, see "The Forgotten Life of Einstein's First Wife," at blogs.scientificamerican.com.

der Ofen erloschen ist, du und Albert
arbeitet bis spät in die Nacht; ganz gleich
was dein Anteil ist, deine Verbesserung seiner Berechnungen –
unterm Strich bleiben sie die seinen. Jetzt
bist du schwanger, und er will dich immer noch nicht heiraten.
Wasser dringt ins Schiff, Mileva.
Dein Erstgeborenes, eine Tochter, weggeschafft.
Bis heute kann sie niemand finden.
Dann zwei Söhne, die du behalten darfst. Einer wird
in eine Anstalt eingewiesen, wo du mittellos
mit ihm gelebt hast. Ein Bett auf dem Anstaltsboden.
Ein Schizophrener und eine Frau, die nicht taugt
für diese Welt. Erinnere dich, Mileva – denk
an die Sirenen, die den Männern
über die wein-dunkle See zusangen, wie ihr Haar
im Salzwind wehte, die weisen
Frauen mit verborgenem Wissen, wie ihr Lied
die Windböen höher und höher reitet,
die Männer ihm nachjagen.
Wenn Mileva nicht mehr ist, kann ich in Frieden sterben –
der Brief in Alberts Handschrift.
Nur für eine kurze Weile, Mileva, für eine Stunde nur,
schau herab von wo du jetzt bist.
Hier, ich schlage die Seiten um. Schau
was sie jetzt über dich sagen.

Weitere Informationen zu Mileva Einsteins Beitrag zur Physik finden sich in „The Forgotten Life of Einstein's First Wife", blogs.scientificamerican.com.

Still-life

Andrew Wyeth paints Helga, 1975

The silence is an envelope
and the secret is folded inside it.
Even his wife does not know
that the housemaid from the nearby farm,
impossibly pale even in summer,
each morning slips quiet into the barn
where he keeps his canvases, his paints, and now
he is painting her, the sloped breasts,
the pubic mound. Her hair caught
in the light, a dusty window.
There is a discipline to the work.
It is difficult for her to hold so still
under the refinement of his eye, the attention
he gives to the curve of the ear.
A flock of geese cutting through the sky
distracts from the still life inside the barn.
How modestly the chin shadows her neck.
How the day holds its breath.
Cobwebs in the corners of the window
dare not move a filament. So brazen the sun
that blazes upon her nakedness.
The desire in his eye is spoken
by the brush. The mixture of tints
a striving for perfection, that is,
beauty. That he could be with her
in this sanctuary. That he must hide
the accumulation of her, the canvases.

Stillleben

Andrew Wyeth malt Helga, 1975

Das Schweigen ist eine Hülle
und das Geheimnis in ihr geborgen.
Selbst seine Frau weiß nicht,
dass das Hausmädchen von der nahen Farm,
so unglaublich blass selbst im Sommer,
jeden Morgen still in die Scheune schlüpft,
wo er seine Leinwände hat, seine Farben, und jetzt
malt er sie, die sanft geneigten Brüste,
den Venushügel. Ihr Haar eingefangen
im Licht, ein staubiges Fenster.
Die Arbeit folgt Regeln.
Es ist schwierig für sie, so still zu halten
unter seinem fein geschulten Auge, der Aufmerksamkeit,
die er der Rundung des Ohres widmet.
Ein Schwarm Gänse durchschneidet den Himmel,
lenkt ab vom stillen Leben in der Scheune.
Wie sittsam das Kinn ihren Hals abschattet.
Wie der Tag den Atem anhält.
Kein Fädchen der Spinnweben in den Fensterecken
wagt es, sich zu bewegen. Schamlos die Sonne,
die auf ihre Nackheit brennt.
Das Begehren in seinen Augen spricht
durch den Pinsel. Die Mischung der Farbtöne
strebt nach Vollkommenheit, will sagen,
Schönheit. Dass er mit ihr zusammen sein konnte
in diesem Refugium. Dass er sie verstecken musste,
die Summe von ihr, die Gemälde.

Every morning she comes, undresses
in the furtive air, and the air's
fondness, and the light's secret hunger.

Over 15 years, while working in secret, the American painter Andrew Wyeth produced a series of more than 240 paintings and live drawings of Helga, a woman who worked as a housekeeper on a nearby farm near Chadds Ford, Pennsylvania. He did so without the knowledge of his wife or the neighbour for whom Helga worked. See "BBC Michael Palin in Wyeth's World," on youtube.com.

Jeden Morgen kommt sie, zieht sich aus
in der heimlichen Atmosphäre, deren
Zärtlichkeit, und dem geheimen Hunger des Lichts.

Fünfzehn Jahre lang arbeitete der amerikanische Maler Andrew Wyeth im Geheimen an einer Serie von mehr als 240 Gemälden und Zeichnungen von Helga, einer Frau, die als Haushälterin auf einer benachbarten Farm in der Nähe von Chadds Ford, Pennsylvania, arbeitete. Weder seine Frau noch der Nachbar, für den Helga tätig war, wussten davon. Siehe „BBC Michael Palin in Wyeth's World", auf youtube.com.

Moon, owl, stone

The maples test the air
by letting a few leaves go.
Each day I try to be grateful
for what is around me. The apple tree
ripening its fruit. The old horse
and the old man who keep on living.
I run on paths through the trees,
watching for loose rocks and roots.
And try to forgive all that needs forgiving.
I saw the moon travel in front of the sun.
I saw the moon's wild hair.
And an owl the colour of smoke
turned his head to look at me.
It was quiet then.
No one in nature made a sound.
There was darkness and then the light.
And with the light, awakening.
The story began with stars and the infinite
spaces of loneliness.
I'm talking about the old man.
Sometimes I have to forgive
all over again. I picked up a stone
the colour of the owl, stone
with the presence of the owl inside.
And took it home.
Set the table with bowl and spoon
and a cup for tea. And the stone.
All of us in unison spinning on the axis,
and the darkness that breathes inside everything.

Mond, Eule, Stein

Der Ahorn prüft die Luft,
lässt dazu ein paar Blätter los.
Jeden Tag versuche ich, dankbar zu sein
für das, was mich umgibt. Der Apfelbaum,
der seine Früchte reift. Das alte Pferd
und der alte Mann, die noch am Leben sind.
Ich renne auf Pfaden zwischen den Bäumen,
achte auf lose Steine und Wurzeln.
Und versuche, alles zu vergeben, was Vergebung nötig hat.
Ich sah den Mond vor die Sonne ziehen.
Ich sah das wilde Haar des Mondes.
Und eine rauchfarbene Eule
wandte den Kopf, um mich anzusehen.
Da war es still.
Nichts in der Natur machte einen Laut.
Da war Dunkelheit und dann das Licht.
Und mit dem Licht, Erwachen.
Die Geschichte begann mit Sternen und endlosen
Weiten von Einsamkeit.
Ich spreche vom alten Mann.
Manchmal muss ich wieder ganz neu
vergeben. Ich hob einen Stein auf,
rauchfarben wie die Eule, Stein,
der die Präsenz der Eule enthält.
Und trug ihn heim.
Deckte den Tisch mit Schüssel und Löffel
und einer Tasse für Tee. Und dem Stein.
Im Einklang drehen wir uns alle um die Achse,
und die Dunkelheit, die im Inneren aller Dinge atmet.

Telling the story

The leaves, the leaves all are flaming now, through the rains,
wet, gleaming, and after the rains the leaves still afire,
and the moon, having burned herself out, returns in the dark,

one thin slit of light she peers through, to follow our flaming,
lit by the strewn glitter of stars. An old man who is alive still,
told me the story, told it in the days before he turned stolid,

silent, but I remember how his voice was like unto the voice
of a god, but now I know it was only a man's voice, and he
but a man who would turn his back, would walk away

in the blink of an eye, and that is what he did. *Until*
the lion tells the story, the hunter will remain the hero.
It was what the man said. I reported the story too,

but my voice was that of a woman. Was doubted. But the lion
began bringing the lions together, meeting among the prides,
circled by the high grasses who whispered everything.

The lion spoke. Until they told their story, the hunter
would remain. And the birds listened with a careful ear,
and the flame trees, the lion standing on spread paws,

Die Geschichte erzählen

Die Blätter, die Blätter stehen jetzt alle in Flammen während der
Herbstregen,
nass, glänzend, und nach den Regen brennen die Blätter noch immer,
und der Mond, der sich ausgebrannt hat, kehrt im Dunkeln zurück,

durch einen schmalen Lichtschlitz schaut er, verfolgt unser Brennen,
beleuchtet vom verstreuten Glanz der Sterne. Ein alter Mann, der
noch am Leben ist,
erzählte mir die Geschichte, erzählte sie in der Zeit bevor er stumpf
wurde,

stumm, doch ich erinnere mich, dass seine Stimme wie die
eines Gottes war, aber ich weiß jetzt, es war nur die Stimme eines
Mannes, und er
war nur ein Mann, der sich abwenden würde, weggehen

in einem Wimpernschlag, und genau das tat er. *Bis der*
Löwe die Geschichte erzählt, wird der Jäger der Held bleiben.
Das war, was der Mann sagte. Ich erzählte die Geschichte auch,

aber meine Stimme war die einer Frau. Man glaubte mir nicht. Doch
der Löwe
holte die Löwen zusammen, ein Treffen der Rudel,
umgeben von hohem Gras, das alles weiterflüsterte.

Der Löwe sprach. Bis sie selbst ihre Geschichte erzählten, würde
der Jäger bleiben. Und die Vögel lauschten ganz Ohr,
und die Flammenbäume, der Löwe stand auf gespreizten Tatzen,

and the story went out. And the zebra spoke among the herd,
changing it to zebra, and the giraffe also, changing it just so,
and word spread, and the whale told the story over the seas.

And the rabbit, and the mouse – in each place the speech
again bravely spoken, and now among the trees, the leaves
are burning with it, even through the rains, as the moon

cups her bright ear to catch all parts of the story. The man
spoke as a prophet. But I, human, and woman, have not
a voice like the man, to be believed without question.

I have only this pen with which to tell you.

"Until the lion tells the story, the hunter will remain the hero" is a West African proverb.

und die Geschichte war in aller Munde. Und das Zebra änderte sie in
Zebra
und trug sie der Herde vor, und die Giraffe ebenso, passte sie an,
und die Kunde verbreitete sich, und der Wal erzählte die Geschichte
durch die Meere.

Und der Hase und die Maus – überall wurde die Rede tapfer
erneut gehalten, und jetzt brennen die Blätter der Bäume
davon, sogar während der Regen, und der Mond

hält die Hand hinters helle Ohr, um alles mitzubekommen. Der Mann
sprach als Prophet. Aber ich, ein Mensch und eine Frau, habe
keine Stimme wie der Mann, dem man fraglos glaubt.

Mir bleibt nur dieser Stift, um dir zu erzählen.

„Bis der Löwe die Geschichte erzählt, wird der Jäger der Held bleiben“
ist ein westafrikanisches Sprichwort.

Becoming a poet

It's what you've come to.
Spindrift, moon dust, breath. So that
they who ply their carts in the grocery aisle
nearly pass right through you, though you're
hauling the world's detritus behind you:
wreckage from bad weather and greed, shattered
faces crying out for mercy. This
is what becomes you, what you've become,
most at home among the spectacles of darkness
and its opposite, though friends who've lost
the way to your house, or never think to come,
still might find you there, more soul
than substance, cirrus than cumulus.
Your life's calling: to hover between the trash heaps
of this world and another, better, that greeting
flung into space still waiting on an answer.
Here, even strangers take to staring
at your veins running clear as a map beneath your skin,
and could find your heart, if you let them,
floating in its cage like the swim bladder of a fish
that keeps you upright and standing just so on Earth,
a moon for the muses to carry down the mountain,
resembling at first a skull, or pottery, ancient,
unearthed. Or that having become your art,
the vessel, the flesh broken open,
some invisible grasp that holds you to this gravity
could turn you in at any moment – double crosser,
a turncoat – sell you out. And some days, you'd go,
relieved, let the tide take you, but for the music

Zum Dichter werden

Das ist aus dir geworden.
Gischt, Mondstaub, Atem. So dass
die, die mit ihren Wagen im Gang des Supermarkts hantieren,
fast durch dich hindurchgehen, obwohl du
den Schutt der Welt hinter dir herziehst:
Trümmer von Unwettern und Gier, zerschmetterte
Gesichter, die um Gnade flehen. Das
passt zu dir, das bist du geworden,
ganz zu Hause in den Spektakeln des Dunkels
und seines Gegenteils, obwohl Freunde, die den
Weg zu deinem Haus vergessen haben, oder nie kommen wollen,
dich dort immer noch finden könnten, mehr Seele
als Substanz, mehr Zirrus als Kumulus.
Deine Bestimmung: zwischen den Abfallhaufen
dieser und einer anderen, besseren Welt zu schweben, jener Gruß,
ins All geschleudert, der immer noch auf Antwort wartet.
Hier starren selbst Fremde
auf deine Venen, die deutlich wie eine Landkarte unter der Haut
verlaufen,
und könnten, wenn du sie ließest, dein Herz finden,
das in seinem Käfig schwebt wie die Schwimmblase eines Fisches,
die dich aufrecht hält und einfach so auf der Erde stehen lässt,
einen Mond, den die Musen den Berg hinuntertragen sollen,
der zunächst einem Schädel ähnelt, oder Tongefäßen, uralt,
ausgegraben. Oder weil es deine Kunst geworden ist,
das Gefäß, das aufgebrochene Fleisch,
könnte ein unsichtbarer Griff, der dich an diese Schwerkraft bindet,
dich jederzeit ausliefern – Betrügerin,
Überläuferin – dich verraten. Und an manchen Tagen gingest du mit,
erleichtert, ließest die Flut dich tragen, gäbe es nicht die Musik,

you hear in the hills at dawn, a howling like sirens singing,
the warp and weft of it, muzzles raised to night's fading.
And how the pines, sudden, set themselves on fire.
Get up. Drink. This is what you're here for.

die du im Morgengrauen in den Hügeln hörst, ein Geheul wie
Sirenen,
die alle Zusammenhänge singen, Schnauzen ins Verblassen
der Nacht gereckt.
Und wie die Kiefern sich plötzlich selbst entzünden.
Steh auf. Trink. Dafür bist du hier.

Families don't exist here

Families don't exist here.
U.S. Border Agent, Tornillo, Texas

It is a child prison camp.
Sen. Jeff Merkley, Visiting Tornillo, Texas

You are no longer strangers and aliens, but citizens
and members of the household of God.
Paul of Tarsus

It is the room you make inside yourself,
where the roof, canvas or otherwise, disappears,
because it's your room and you
are eight years old
and can make it vanish at your will.
Instead of a roof, canvas or otherwise,
in place of the air-conditioned cold, glint
the migrant stars
who see everything, and the moon
who watched you each night getting here,
and clouds
dragging their long white silences.
Where God, a child today,
plays dead behind the razor-wire fence.
God, who arrived
disguised as hunger, as thirst.
Each day tells its tale to another,
a story in which everyone you love
has disappeared as though in mist.
There is no use for memory here,
that repository against loss;

Familien gibt es hier nicht

Familien gibt es hier nicht.
U.S. Grenzschützer, Tornillo, Texas

Es ist ein Kinder-Straflager.
Senator Jeff Merkley zu Besuch in Tornillo, Texas

So seid ihr nun nicht mehr Gäste und Fremdlinge, sondern Mitbürger und Gottes Hausgenossen.
Paulus von Tarsus

In dem Raum, den du in dir erfindest,
verschwindet das Dach, aus Segeltuch oder sonst was,
weil es dein Raum ist und du
acht Jahre alt bist
und es verschwinden lassen kannst wie du willst.
Statt eines Dachs, aus Segeltuch oder sonst was,
anstelle der Klimaanlagenkälte, funkeln
die wandernden Sterne,
die alles sehen, und der Mond,
der dich Nacht für Nacht auf deinem Weg hierher bewacht hat,
und Wolken,
die ihr langes weißes Schweigen schleppen.
Wo Gott, der heute ein Kind ist,
sich hinter dem Stacheldraht tot stellt.
Gott, der verkleidet kam
als Hunger, als Durst.
Jeder Tag erzählt seine Geschichte dem nächsten,
eine Geschichte, in der alle, die du liebst,
verschwunden sind wie im Dunst.
Hier kann man Erinnerungen nicht brauchen,
dieses Archiv gegen das Vergessen;

language grows wings, slips
through the chain link of your cage.
Only your heart stays behind,
curled in its nest of bone.
And God counts on her many fingers
all the ways the world
has closed its fists to you,
a door no child may enter or leave from.
Years from now you'll wake again
from the dream
you cannot put behind you –
the tyrant sun, slice of shadow, risen dust.
And a sound of wings beating the air.

der Sprache wachsen Flügel, sie schlüpft
durch den Maschendraht deines Käfigs.
Nur dein Herz bleibt zurück,
eingerollt in sein Knochennest.
Und Gott zählt an ihren vielen Fingern
all die Weisen ab, wie die Welt
dir ihre geballte Faust entgegen hält,
eine Tür, durch die kein Kind herein oder hinaus darf.
In vielen Jahren wirst du wieder
aus dem Traum erwachen,
den du nicht hinter dir lassen kannst –
die tyrannische Sonne, die Scheibe Schatten,
aufgewirbelter Staub.
Und ein Laut wie Flügelschläge in der Luft.

Pale wanderer

Dead, the pine, burnt out in the summer fires,
and so close to the house; and the field
of dry grasses near and perishable, but spared
who knows how or why, and I thought, hoped
even, that a raccoon might claim the charred
trunk for her brood, faces poking out, curious,
but no raccoons came. Instead, dusk fell early,
October, the garden or what was left of it, failing,
the pine's branches blacker against the black night.
And then the moon with his wild smell, furtive
animal, pulled himself over the rim of the world
with no great struggle; effortless it seemed, this rising,
a fluid thing. I waited for him there at the edge
of the wood, one part of him singed, too,
the fires having eaten the mountain, the hills,
and it was then I heard him snuffle in the branches,
was then I held out my palms, open. Fearsome
his visage. Nevertheless, I loved his bright face.
The silence growled soft when he came near,
settled in the pine for the while that he did.
His snout wet when he sniffed my hands.
But I could not hold him, nor tame him.
A night bird screeched afar off, the mist
formed and rose. Startled, he slipped away. I confess
I wanted him for myself, craved his obeisance,
this being with bruised face that would not heal,
who knew nothing of love, neither old nor young,
neither furred nor winged.

Bleicher Wanderer

Tot, die Kiefer, ausgebrannt in den Sommerfeuern,
und so nah beim Haus; und das Feld
mit trockenen Gräsern, nah und brennbar, blieb verschont,
wer weiß wie oder warum, und ich dachte, hoffte
sogar, dass eine Waschbärin den verkohlten Stamm in Beschlag
nähme für ihren Nachwuchs, Gesichter, die rausspitzen, neugierig,
aber kein Waschbär kam. Stattdessen brach die Dämmerung früh
herein,
Oktober, der Garten oder das, was davon übrig war, abgeblüht,
die Äste der Kiefer schwärzer gegen die schwarze Nacht.
Und dann zog sich der Mond, das scheue Tier mit seinem
wilden Geruch, über den Rand der Welt hoch,
ohne große Anstrengung; es schien mühelos, dieses Aufgehen,
etwas Fließendes. Ich wartete auf ihn dort am Wald-
rand, auch von ihm war ein Teil versengt,
die Feuer hatten den Berg gefressen, die Hügel,
und da geschah es, dass ich ihn schnüffeln hörte in den Ästen,
geschah es, dass ich meine Hände ausstreckte, offen. Furchterregend
sein Antlitz. Und dennoch, ich liebte sein helles Gesicht.
Die Stille knurrte leise als er näherkam,
sich in der Kiefer niederließ für den Moment, den er dort war.
Seine Schnauze war feucht, als er meine Hände beschnupperte.
Aber ich konnte ihn nicht festhalten oder zähmen.
Ein Vogel der Nacht schrie von Ferne, der Nebel
kam und stieg hoch. Erschreckt schlüpfte er davon. Ich gestehe,
ich wollte ihn für mich allein, sehnte mich nach seiner Huldigung,
dieses Wesen mit dem verbeulten Gesicht, das nicht heilen wollte,
das nichts von Liebe wusste, weder alt noch jung,
weder mit Fell noch mit Flügeln.

Rupture

Pearls in a silver
bowl, half
the clasp, no string.

Among the smaller
stars, fallen
planets.

I was your final dance.
The night and its prophets,
all your eyes watching.

You were a road,
a river; now
you're spindrift,
washed up.

Where everything,
eventually, is finished.
Boarded up. Abandoned.
Your cities of ruin.

Little cave
of skulls,
all the names for loss.

Ancient lost tongues.
The hundred hearts
pulsing inside the heart.

Bruch

Perlen in einer Silber-
schale, die halbe
Schließe, kein Faden.

Inmitten der kleineren
Sterne, gefallene
Planeten.

Ich war dein letzter Tanz.
Die Nacht und ihre Propheten,
all eure Augen wachen.

Du warst eine Straße,
ein Fluss; jetzt
bist du Gischt,
angespült.

Wo alles,
letztlich, zu Ende ist.
Verbrettert. Verlassen.
Deine Ruinenstädte.

Kleine Höhle
mit Schädeln,
all die Namen für Verlorenes.

Alte verlorene Sprachen.
Die hundert Herzen,
die im Herzen schlagen.

Thread by thread.
That's how the world
splits open,
until even the moon
stops eating.

Little runes,
small irritations,
read to me the future's
palm.

You'd think
we could mend,
could hold
each other, gently.
You'd think.

Faden um Faden.
So reißt die Welt
auf,
bis sogar der Mond
aufhört zu essen.

Kleine Runen,
winzige Irritationen,
lesen für mich aus der Hand
der Zukunft.

Man sollte glauben,
dass wir uns bessern könnten,
einander sanft
halten könnten.
Man sollte glauben.

Antony Di Nardo

The Lark

His eminence, the lark, is fond
of bonbons, finds them among dead leaves,
woodland draws, swollen bowers.

There's purpose to his hips, swung
in praise of articulation, the state of
the bosom, flight from the nest.

There's purpose to landing. Heaving
to suckle roots, naked
as a Borgia, the rock face of a slope

with its nose in the air, sniffing the air,
the pungent tart of hemlock.
The lark lives in its renaissance, a quick

study of soft feathers, velvets, silks,
brocades in the arms of the conifers,
an ancient family that rules. Its shelters

and stores add concupiscence to any garden,
woodland flare, to any poem that allows the lark
to wander in and out, unannounced.

Die Ohrenlerche

Ihre Eminenz, die Lerche, mag
Bonbons, findet sie unter toten Blättern,
Waldsenken, gefüllten Schattengründen.

Zielgerichtet die Hüften, die sie
zum Lobpreis der Beweglichkeit schwingt, die
aufrechte Brust, der Flug vom Nest.

Zielgerichtet die Landung. Heben und Senken,
um von Wurzeln zu nippen, nackt
wie eine Borgia, das Gesicht einer Felswand,

ihre Nase in der Luft, die Luft witternd,
die stechende Schärfe der Hemlocktanne.
Die Lerche lebt in ihrer Renaissance, eine rasche

Skizze weicher Federn, Samt, Seide,
Brokat in den Armen der Koniferen,
einer alten Herrscherfamilie. Ihre Zufluchtsorte

und Vorratslager bringen Sinnlichkeit in jeden Garten,
Waldesleuchten in jedes Gedicht, das der Lerche
erlaubt, hinein und hinaus zu wandeln, unangemeldet.

I Write and Write

I write and write and nothing happens.

It's only rain, washing away in the pond.

Earlier, the thumbnail of a moon would not trade places
with the trees held in my hands.

The sun was beginning to rise but the moon stayed put.

Caught, I could tell, in the branches I kept sprouting.

Ich schreibe und schreibe

Ich schreibe und schreibe, und nichts passiert.

Es ist nur Regen, der im Teich zerfließt.

Vorher wollte der Daumennagel von Mond seinen Platz
nicht mit den Bäumen tauschen, die ich in Händen hielt.

Die Sonne fing an aufzugehen, aber der Mond blieb an
seinem Ort.

Gefangen, so war mir klar, in den Zweigen, die ich sprießen ließ.

Portrait of a Grouse

How to pick a drop
of pink without a brush?

Stitch an open wound
with just a beak?

She makes house calls.
Tears down walls.

She's blinded.
She's broke and winded.

She's in the room.
Thrumming through.

She's footloose, flight-lost.
Answers to *Fool Hen.*

A dust of dawn on feathers.
Autumn on her palette.

She's half the sun.
The other half

moonlight
bristling on her gown.

She's totally Morrisseau
about size and sorrow.

Porträt eines Tannenhuhns

Wie einen Tropfen Rosa
aufnehmen ohne Pinsel?

Eine offene Wunde nähen
nur mit dem Schnabel?

Sie macht Hausbesuche.
Reißt Wände ein.

Sie ist geblendet.
Sie ist kaputt und am Ende.

Sie ist im Zimmer.
Trommelt hindurch.

Sie ist ungebunden, flugverloren.
Hört auf *Narrhenne.*

Ein Stäubchen Morgenröte auf Federn.
Herbst auf ihrer Palette.

Sie ist die halbe Sonne.
Die andere Hälfte

Mondlicht
sträubt sich auf ihrem Kleid.

Sie ist ganz Morrisseau
in Größe und Gram.

She's fingers trembling.
Fat thighs on the couch.

Leaves blend.
Browns patch.

She goes without,
comes within.

Paints a portrait of herself
entirely without wings.

Sie bedeutet zitternde Finger.
Dicke Schenkel auf der Couch.

Blätter überblenden.
Braunfarben flecken.

Sie geht hinaus,
kommt herein.

Malt ein Porträt ihrer selbst
ganz ohne Flügel.

Woodland Violet

what woodland violet would want
more
than woodland
rain
and rain
sun, yes
what we need
but no more
no more
than
that

Waldveilchen

welches Waldveilchen wollte
            mehr
als Waldland
Regen
und Regen
Sonne, ja
was wir brauchen
            aber nicht mehr
                        nicht mehr
als
das

Lace

(you're the whorl of the restive mind
the spin
and furl
of fingers curled
into the arms
of a chair

the eye of a pistil
the lips of a stamen

fractal
of Queen Anne's lace
a shade less than tranquil
a tad more than equal
to the sum
of its physics)

you're like the house on a snail
that spirals
and seizes
the trail
she leaves behind
the snail
bedazzled
by the math
on her back

Klöppelspitze

(du bist der Wirbel des rastlosen Geistes
das Drehen
und Falten
von Fingern gekrallt
in die Armlehnen
eines Sessels

das Auge eines Blütenstempels
die Lippen eines Staubgefäßes

Fraktal
der Wilden Möhre
einen Hauch weniger als ruhig
eine Spur mehr als
die Summe
ihrer Physik)

du bist wie das Haus auf einer Schnecke
das sich dreht als Spirale
und die Spur
erfasst
die sie hinter sich lässt
die Schnecke
verwirrt
durch die Mathematik
auf ihrem Rücken

The Crafte So Longe to Lerne

To see the forest for the trees

Poetry comes and goes like a doe and her fawn
might show up only briefly on the edge of the words

then leave you doubting what it was you've written,
the first flowers of spring or was that the river

going by? I'm a nature poet and it's in my nature
to commune with the dead. To talk to the quick.

I'm a record of the words I'm in. Of the phlox and
goldenrod, occasional flights of blue skies and clarity,

of words for rain and words for wet with not a chance
of a narrative to interfere with the forecast.

There are days when the muse appears unannounced
like the sudden flash of a white-tailed deer, like a leap

of faith to the other side of the riverbank.
I remember once foraging the woods for an image

and I forgot the word for syrup so I sipped on the sap
that dripped, dripped, from the tip of my pen

and I started to write.

"The crafte so longe to lerne" is a line from Chaucer.

Die Kunst so lang zu erlernen

Den Wald vor lauter Bäumen sehen

Dichtung kommt und geht, wie eine Hirschkuh und ihr Kälbchen
nur kurz am Saum der Wörter auftauchen, um dich dann

fragen zu lassen, was es war, das du geschrieben hast,
die ersten Blumen des Frühlings oder war es der Fluss,

der vorüberfloss? Ich bin Naturdichter, und es liegt in meiner Natur
mit den Toten im Gespräch zu sein. Die Lebenden anzusprechen.

Ich bin das Archiv von Wörtern, in denen ich stecke. Von Phlox und
Goldrute, gelegentlichen Schwärmen von blauen Himmeln und
Klarheit,

von Wörtern für Regen und Wörtern für nass ohne jede Chance,
eine Geschichte den Wetterbericht unterbrechen zu lassen.

Es gibt Tage, an denen die Muse auftaucht, unangemeldet
wie die plötzliche Erscheinung eines Weißwedelhirsches, wie ein
Glaubens-

sprung zur anderen Seite des Flussufers.
Einmal durchstöberte ich den Wald auf der Suche nach einem Bild

und hatte das Wort für Sirup vergessen und nippte daher an dem
Saft, der
heruntertropfte, tropfte, von der Spitze meines Stifts

und ich begann zu schreiben.

„Die Kunst so lang zu erlernen" ist eine Zeile von Chaucer.

Food Court

Subterranean home-cooked blues

The bees are faked.

A virtual buzz instills the air with an air of virtuosity.

It doesn't get more real than this.

The flora's just as duped.

Shades of neon downtown pink.

Sprays of manufactured lady's slippers, lupines, hair perfume.

The din of pink.

Glazed to wash away the gritty bits that stick.

The birds are faked; the ferns are fake.

And other words for song.

Here, where the animal in the belly learns to growl.

Where the benches are eco-friendly recycled imitation
polymers, neo-outdoor revivalist by decree.

Here, where players known as patrons sit.

Where words imitate each other.

Food Court

Hausgemachte B-Ebenen-Depression

Die Bienen sind nachgemacht.

Virtuelles Summen füllt die Luft mit einem Anklang von Virtuosität.

Wirklicher als das wird es nicht.

Die Flora ist genauso zum Schein.

Nuancen von Neon-City-Rosa.

Sträußchen von künstlichem Frauenschuh, Lupinen, Haar-Parfüm.

Lautes Rosa.

Lackiert, um die körnigen klebrigen Stückchen wegzuwaschen.

Die Vögel sind nachgemacht; die Farne sind nachgemacht.

Und andere Wörter für Lied.

Hier, wo das Tier im Bauch zu knurren lernt.

Wo die Bänke aus öko-freundlichen rezyklierten Imitat-Polymeren
bestehen, Neo-Outdoor-Stil per Dekret.

Hier, wo die Spieler sitzen, die man Kunden nennt.

Wo Wörter einander imitieren.

The trees in harmony harmonize with artificial casts of lighting
filtered through scrubbed acrylic planes of faux
transparence in long unbreakable chains of molecules.

Indoors.

Climate controlled.

With non-reactive plastic claws, knives and forks.

Prosthetic limbs poised on mannequins dressed in
subterranean gear.

Where headlines on the screens materialize unrealized.

Neutralized to emulate a woodlot in a concrete meadow.

Where I'm in line for bottled water.

Where the creek is dead.

Die Bäume in Harmonie mit künstlichen Lichtstrahlen harmonieren,
gefiltert durch geschrubbte Acrylschichten von Pseudo-
Transparenz, in langen, unzerbrechlichen Molekülketten.

Innenraum.

Klimatisiert.

Mit rückwirkungsfreien Plastikgreifern, Messern und Gabeln.

Künstliche Gliedmaßen auf Schaufensterpuppen in unterirdischer
Ausstattung angebracht.

Wo Schlagzeilen auf den Bildschirmen auftauchen, nicht realisiert.

Neutralisiert, um ein Waldstück in einer Wiese aus Beton
nachzuahmen.

Wo ich Schlange stehe um Flaschenwasser.

Wo der Bach tot ist.

Whitevale, Ontario

Parting is the song of the sweet, sweet sparrow

The sound of peepers, frogs at the mouth of the marsh,
redwings at roost, the light-conferring mind of a naturalist
at each door, the linden and the walnut glistening,
the rains gone, voices piping, green molecules rising
in the air.

The sun's never too old for this: tenderly it touches you
and should you resist, the gardens, backyard bird calls,
ample and exhaustive, answer for you.

If you sit or stand or step on any porch in town and listen,
some story will come to you, some playground of open sky
and airships groaning, distant mowers, funerals and
hallowed eves, Sunday strings boxed in icons of stained
glass, book sales by Don, chamomile and festivals that
peak in spring.

And those are just some of the things that will come to
you and keep you from ever leaving again.

Whitevale, Ontario

Abschied ist das Lied des süßen, süßen Sperlings

Der Laut von Frühlingspfeifern, Fröschen an der Mündung des
Sumpfes,
Rotdrosseln an ihrem Schlafplatz, der erhellende Geist eines
Naturforschers
an jeder Tür, Glanz auf Linde und Nussbaum,
der Regen vorüber, Stimmen pfeifen, grüne Moleküle steigen auf
in die Luft.

Die Sonne ist nie zu alt dafür: zärtlich berührt sie dich,
und solltest du dich sperren, so antworten die Gärten, die
Vogelrufe
im Hinterhof, umfassend und erschöpfend für dich.

Sitzt oder stehst oder gehst du auf irgendeiner Veranda in der
Stadt und lauschst,
so wird dir eine Geschichte zufliegen, ein Spielfeld aus offenem
Himmel
und ächzenden Luftschiffen, fernen Rasenmähern, Begräbnissen
und geheiligten Abenden, Sonntagsstreichmusik verpackt
in Ikonen aus
Buntglas, Dons Buchverkäufe, Kamille und Feste, die sich
im Frühling häufen.

Und das sind nur ein paar der Dinge, die dir zufliegen
und dich davon abhalten, je wieder fortzugehen.

Le nuage

The figure reclining in the cloud that I snapped with my phone today looked like it was by Georgia O'Keeffe, painted during an early period when she often turned to the sky to see what time it was, the image, a copy of her *White Pansy* from 1927, stark yet softly petalled, about which a poet might say that it's a photo of the dead where the many-layered soul has left the body and floated up into the heavens, whereupon she sees it today as a larger-than-life reproduction slowly moving north, northwest and occupying but a corner of the vast blue canvas, which, wherever she looks, appears empty and blank as if it has yet to absorb another soul or reveal what time of day it is.

Le nuage

Die Gestalt, die in der Wolke ruhte und die ich heute mit meinem Handy knipste, sah aus als sei sie von Georgia O'Keeffe, gemalt in einer frühen Periode, als sie sich oft dem Himmel zuwandte, um zu sehen, wie spät es war, das Bild, eine Kopie ihres *White Pansy* von 1927, starr, doch mit weichen Blütenblättern, über das eine Dichterin sagen könnte, dass es ein Foto der Toten ist, wo die vielschichtige Seele den Körper verlassen hat und in die Himmel geschwebt ist, wohingegen sie es heute als eine überlebensgroße Reproduktion sieht, die langsam nach Nord, Nordwest zieht, und nur eine Ecke der weiten, blauen Leinwand einnimmt, die, wohin sie auch schaut, leer erscheint und nackt, als solle sie noch eine weitere Seele schlucken oder anzeigen, wie spät es ist.

Chanson

I resisted the wild winds of winter for as long as I could. All afternoon they came at me like fists over the mountain. I couldn't write a word. I lost the first round, beaten into a corner, silenced by the beating I took. But when the sun went down, I willed the wind to leave and I turned my back to it, the terrible wind defeated at last. Darkness fell. My victory so fired up the cells of my being I could see well enough to turn on the overhead light and sing the praises of passive resistance.

Chanson

Ich widerstand den wilden Winterwinden so lange ich
konnte. Den ganzen Nachmittag gingen sie mich an wie Fäuste über
den Berg. Kein Wort konnte ich schreiben. Ich verlor die
erste Runde, in eine Ecke geprügelt, sprachlos gemacht durch
die Schläge, die ich einsteckte. Aber als die Sonne unterging,
brachte mein Wille den Wind zum Abdrehen, und ich wandte
ihm meinen Rücken zu,
dem schrecklichen, endlich besiegten Wind. Dunkelheit senkte sich.
Mein Sieg befeuerte derart die Zellen meines Wesens, dass ich
gut genug sehen konnte, um das Außenlicht anzumachen und
ein Loblied zu singen auf den passiven Widerstand.

Inge Israel

Cape Spear
Newfoundland

Icebergs, phantom chariots,
glide by   aloof
while Atlantic surf pounds
fingers of land
that claw
toward Europe
millions of years
and a world of thought away
yet near as the glint in an eye

the rock
redreaming the parting,
raises tips of red jackets,
miniature torches
pointing the way.

Cape Spear
Neufundland

Eisberge, Phantomgefährte,
gleiten vorüber distanziert
während Atlantikbrandung auf
Landfinger hämmert
die ihre Krallen
nach Europa strecken
Jahrmillionen
und Gedankenwelten entfernt
und doch nah wie das Glitzern in einem Auge

der Felsen
der die Trennung zurückträumt
hebt Spitzen von Rotjacken empor,
Miniaturfackeln
die den Weg weisen.

Moscow Waterways

Each spring, watching
the Saskatchewan break up, I tried
to imagine these other far-away
rivers I now see before me.

They flowed over clutching roots
through tales my mother told me.
Through her eyes I saw
the sparkling ice blocks,
in her voice I heard their cracks
and muffled clinks and chinks
as they stubbed one another
on their way to freedom,
sounds nostalgic as the liquid
phrase of a balalaika. . . .

Subterranean rivers abound
in Moscow; the map does not trace
their paths but in the depths
the water tunnels
dark over muddy memories
to a sea
both beginning and end.

Das Brandzeichen

Für R. F.

Seine Familie war in Paris geblieben,
sogar als die Deutschen kamen,
dachten, sie seien sicher.
Meine war rausgekommen – gerade noch rechtzeitig.

„Auch du hast eine plurale Stimme“,
sagte er an dem Tag, an dem meine Stimme versagte
und ich herumkletterte
auf den verdrehten Bändern der seinigen,
ab und zu abglitt,
abrupt auf dieser oder jener Wurzel landete,
ab und zu das
unsichtbare Brandzeichen streifte,
all das gefiltert
durch den Schlitz
der Schranktür,
wo er sich endlose Stunden lang versteckt hatte,
oder waren es Tage?
vor fünfzig Jahren
– ein Zehnjähriger –
und hervorgekrochen war wie aus einem Schoß
hinein in eine mutterlose Welt.

„Eine zweite Geburt, einschließlich der Scheiße“,
sagte er. Er war herausgekommen,
seine Haut intakt,
das unsichtbare Brandzeichen
brannte sich immer tiefer ein,
er dachte nicht an Seelen
oder daran, wohin sie gegangen waren,

but empty skins
of those he loved
- made into lampshades?
God! . . .
could not exist.

Walking on streets
as through a jungle
he learned survival

still teeters
on the edge of an abyss
no one sees
then pirouettes with words
wondering
about his mother
who had pushed him into the closet
when the boots pounded up the stairs
then carefully averted her eyes
as they marched her out.

Now, fifty years later,
in a light-hearted story
that flows easily from his hand
the heroine, without warning,
suddenly takes a job
in a factory
where lampshades are made

only the shadow of his clenched fist
marks the white page
- again the question overwhelms:

did his mother shade the light
on some official's desk?

sondern an leere Häute
derer, die er liebte
– zu Lampenschirmen verarbeitet?
Gott! ...
konnte es nicht geben.

Er ging die Straßen
wie durch einen Dschungel,
er lernte Überleben

hängt noch immer
am Rand eines Abgrunds,
den niemand sieht,
dreht dann verbale Pirouetten
und denkt nach
über seine Mutter,
die ihn in den Schrank geschoben hatte,
als die Stiefel die Treppe hinauf dröhnten,
dann sorgsam ihre Augen abwandte,
als man sie abführte.

Jetzt, fünfzig Jahre danach,
in einer heiteren Geschichte,
die ihm locker von der Hand geht,
nimmt die Heldin, ohne Vorwarnung,
plötzlich einen Job
in einer Fabrik an,
wo Lampenschirme gemacht werden

nur der Schatten seiner geballten Faust
markiert das weiße Blatt
– erneut die überwältigende Frage:

schattete seine Mutter das Licht
auf eines Bürokraten Schreibtisch ab?

Dance

To be Lucretius
and scry the atom's dance
in sunlit dust
or Saint Augustine and sense
World and Time
were born in single thrust

see them twined
like DNA – staggering
every whorl and gyre

and find in chaos
the comfort of recurrent patterns
– warted heartshapes

then draw a string
round this holistic womb. . . .

Tanz

Lucretius zu sein
und den Tanz der Atome vorherzusagen
im sonnendurchleuchteten Staub
oder der Heilige Augustin und zu ahnen,
dass Welt und Zeit
aus einem einzigen Schub geboren sind

sie als Doppelwendel zu sehen
wie DNA – was jede Windung
und jede Umdrehung ins Taumeln bringt

und im Chaos
den Trost von wiederkehrenden Mustern zu finden
– Herzformen mit Warzen

dann eine Schnur zu ziehen
um diesen all-einen Mutterschoß. . . .

Motion

Age-old tribes, these galaxies
describe their psychedelic swirls
through pock-marked
space where black holes of hot
breath inhale what light
they catch – then blow
into some other universe?

And there does God appear
in mirror image?
Kant flip his imperative?
Observed change places
with observers
always hampered
by uncertainty, the counterpart
of any interaction?

Bewegung

Uralte Stämme, diese Galaxien
beschreiben ihre psychedelischen Strudel
durch den pockennarbigen
Weltraum, wo Schwarze Löcher aus heißem
Atem alles Licht einatmen,
das sie erjagen können – es dann in ein
anderes Universum blasen?

Und erscheint dort Gott
als Spiegelbild?
Kehrt Kant seinen Imperativ um?
Tauschen Beobachtete ihren Platz
mit Beobachtern,
immer verstrickt
in die Unschärferelation, das Gegenstück
zu jeder Interaktion?

Infinity's a Figure-Eight

The word is fleshed. The atom
split. The pit confirmed.
We're free to pick within
the loops. Magnetic moments
tiptoe among rubble.

Anaxagoras knew the sun
to be a fiery pebble
but not that its existence
counts as an event in search
of its own meaning;
nor that events, brief candles
are the stuff of worlds.

Unendlichkeit ist 'ne Achterschleife

Das Wort ist Fleisch geworden. Das Atom
gespalten. Die Hölle bestätigt.
Wir haben die Freiheit, zwischen den Schleifen
zu wählen. Magnetische Momente
stelzen durch Schutt.

Anaxagoras wusste, dass die Sonne
ein feuriger Kiesel ist,
aber nicht, dass ihre Existenz
als ein Ereignis gilt, das seine
Bedeutung sucht;
noch, dass Ereignisse, kleine Lichter,
der Stoff von Welten sind.

Presto

Singularities? . . .
They're tucked behind event
horizons. Out there
cosmic censorship enfolds
where time will stop
but not reverse. On earth
there's no such luck.
We're stuck
with a recurring past.

Tidiness above all things.
That's why from time to time
we pluck an unsuspecting second
out of space and, gloating,
ram it down our clockwork's throat.

But where light fails
fireflies in ten dimensions
tease till every quark
and lepton trembles.

Presto

Singularitäten? . . .
Sie sind versteckt hinter Ereignis-
horizonten. Dort draußen
umfasst die kosmische Zensur,
wo die Zeit anhalten wird,
aber nicht umkehren. Auf Erden
gibt es solches Glück nicht.
Wir sitzen fest in einer
wiederkehrenden Vergangenheit.

Ordnung über alles.
Deshalb pflücken wir von Zeit zu Zeit
eine arglose Sekunde
aus dem Weltraum und stopfen sie triumphierend
unserem Uhrwerk in den Rachen.

Aber wo das Licht versagt,
foppen Glühwürmchen in zehn Dimensionen,
bis jedes Quark
und Lepton zittert.

Auyuittuq
Northwest Territories

We felt the Ice Age linger
knew it could start again
under weak suns

saw the white-lipped horizon
of a world
that had never been young

spoke a language
not of sound
but great arcs

then boreal cotton seduced
with fluffy softness
purple saxifrage kindled
ice crystals and we breathed
warm guilt into cold air
till the illusion became complete
and self-sustaining

forgetting Goddess Earth
was bedded here by Odin
who still roars mockery
across the glaciers

here, where the narwhal turns
a simple tooth into a sword
and the loon bursts into mad laughter.

Even the ice groans.

Auyuittuq

Nordwest-Territorien

Wir fühlten die Eiszeit verweilen
wussten dass sie wiederkommen konnte
unter schwachen Sonnen

sahen den weißgelippten Horizont
einer Welt
die niemals jung gewesen war

sprachen eine Sprache
nicht aus Laut
sondern großen Bögen

dann betörte boreale Watte
mit flauschiger Weichheit
purpurner Steinbrech entzündete
Eiskristalle und wir atmeten
warme Schuld in kalte Luft
bis die Illusion vollkommen wurde
und selbsttragend

uns vergessen ließ dass Göttin Erde
hier von Odin gebettet wurde
der noch immer Hohn
über die Gletscher röhrt

hier, wo der Narwal einen
einfachen Zahn in ein Schwert drechselt
und der Eistaucher in irres Gelächter ausbricht.

Sogar das Eis stöhnt.

Winter Sky

Alberta

We laid offerings of silence
at one another's feet
then stumbled over them
your eyes desperate
eloquent prisoners
and the moon
a forbidden apple
tasted and hurled back
to the black tree of night
bereft of birds
stretching to infinity
hung with crowns
of glinting thorns.

All at once the arctic wind
stopped time
careful not to ruffle
wafting wings
or quench flaming feet
and allowed the Aurora
to dance.

Winterhimmel

Alberta

Wir legten einander Gaben des Schweigens
vor die Füße
stolperten dann darüber
deine Augen verzweifelte
beredte Gefangene
und der Mond
ein verbotener Apfel
probiert und zurückgeschleudert
an den schwarzen Baum der Nacht
von Vögeln entblößt
ins Unendliche gestreckt
behängt mit Kronen
glitzernder Dornen.

Auf einmal ließ der arktische Wind
die Zeit stillstehen
bedacht schwebende Schwingen
nicht aufzuwühlen
oder flammende Füße zu löschen
und erlaubte der Aurora
zu tanzen.

Anmerkungen der Herausgeber

Arnott

gabe, die eine gabe bringt

John Newlove war ein kanadischer Dichter und einer der führenden Vertreter der sogenannten Prärie-Lyrik.

Di Nardo

Porträt eines Tannenhuhns

ist Teil eines kleinen Gedichtzyklus über einen Waldvogel, der eine Zeitlang Zuflucht im Haus des Dichters fand.

Klöppelspitze

Der Titel bezieht sich auf den englischen Namen der Pflanze „Queen Anne's lace".

Donlan

Warten

„Schild": der Kanadische Schild, der geologische Kernbereich des nordamerikanischen Kontinents. Er umfasst große Teile Kanadas und reicht bis in die USA hinein.

Wanuskewin

Wanuskewin ist ein Weltkulturerbe-Ort in einem Prärietal in Saskatchewan mit wichtigen archäologischen Stätten und noch immer ein indianisches Heiligtum.

Fiamengo

Lobpreis alter Frauen

Der polnische Schriftsteller Tadeusz Rozewicz ist Autor eines Theaterstücks, *Stara Kobieta Wysiaduje*, deutsch: *Eine alte Frau brütet*. Auf dem Abfallhaufen der Welt sitzt die alte Frau und gebiert unablässig neues Leben.

Point-No-Point
liegt an der Südwestküste von Vancouver Island.

Fife

Für Matthew Shepard
Matthew Shepard, ein homosexueller US-amerikanischer Student, wurde 1998 in Laramie, Wyoming, von zwei Männern ausgeraubt und schwer misshandelt. Sie fesselten ihn an einen Zaun in einer einsamen Gegend und überließen ihn seinem Schicksal. Nach 18 Stunden wurde er gefunden; er starb wenige Tage später an seinen Verletzungen. Der Fall erregte großes Aufsehen.

Israel

Cape Spear
Cape Spear ist der östlichste Punkt des nordamerikanischen Kontinents.

Unmarked Doors / Unbeschilderte Türen
„fearful symmetry" stammt aus William Blakes Gedicht *The Tyger*.

Brandzeichen
„R.F.": Der französisch-amerikanische Autor Raymond Federman, der sein Überleben im Holocaust z.B. in seinem Roman *The Voice in the Closet* thematisiert hat.

Unendlichkeit ist 'ne Achterschleife
"Out, out, brief candle!" aus Macbeths Monolog in Akt 5, Sz. 5 des Dramas, in Dorothea Tiecks Übersetzung: „Aus, kleines Licht!"

Kurzbiographien

Joanne Arnott (*1960)

Arnott wurde in Winnipeg geboren und lebt in British Columbia. Sie ist Métis, Angehörige der als eingeborene Ethnie anerkannten Nachfahren von Indigenen und europäischen, v.a. französischen Siedlern. Bisher hat sie acht Gedichtbände sowie Essays veröffentlicht. Sie engagiert sich gegen Rassismus und ist Gründungsmitglied des *Aboriginal Writers Collective West Coast*. Arnotts Gedichte entstammen ihrem Band *A Night for the Lady*.

Antony Di Nardo (*1949)

Di Nardo wurde in Montreal geboren und begann seine Karriere als Journalist. Seine neueren Gedichte wurden ins Italienische und Französische übersetzt und mehrfach ausgezeichnet. Er lebt in Sutton, Quebec, und Cobourg, Ontario. Seine Sammlung *Skylight*, aus der die hier abgedruckten Gedichte stammen, behandelt die Interaktion zwischen einer gefährdeten natürlichen Welt und dem menschlichen Beobachter.

John Donlan (*1944)

Donlan wuchs im ländlichen Ontario auf, wo sein Vater mit Pferden Holz rückte und die Nachbarn Stinktiere, Krähen und Stachelschweine als Haustiere hielten. Seine Naturgedichte zeigen seine Verbundenheit mit der kanadischen Wildnis und seine genaue Beobachtungsgabe. Er ist Lyriklektor bei Brick Books, einem führenden kanadischen Lyrik-Verlag. Bisher veröffentlichte er sechs Gedichtbände. Aus *Out All Day* wurden seine hier versammelten Texte ausgewählt.

Marya Fiamengo (1926-2017)
Fiamengo wurde in Vancouver als Tochter kroatischer Einwanderer geboren. Sie lehrte Englisch an der University of British Columbia. Während der 1960er Jahre begann sie, sich für feministische Themen zu interessieren. Die späteren ihrer neun Gedichtbände verbinden kontemplative Elemente und historisches Bewusstsein mit politischem Engagement. Fiamengos Texte entstammen der gesammelten Ausgabe *Visible Living: Poems Selected and New.*

Connie Fife (1961-2017)
Fife gehörte zur indigenen Nation der Cree und stammte ursprünglich aus Saskatchewan; später lebte sie u.a. in British Columbia. Sie publizierte drei Gedichtbände, gab mehrere Anthologien von Literatur kanadischer *First Nations*-Frauen heraus und engagierte sich gegen die Diskriminierung von Ureinwohnern in Kanada und anderen Ländern. Die Gedichte von Fife sind ihrem Band *Poems for a New World* entnommen.

Garry Gottfriedson (*1954)
Gottfriedson gehört zur indigenen Nation der Secwépemc (Shuswap). Er ist Dichter, Lehrer und Rancher aus British Columbia und wuchs in einer bekannten Ranching- und Rodeo-Familie auf. Zugleich ist er tief verwurzelt in der Spiritualität und den Traditionen seines Volkes. Bisher hat er zehn Gedichtbände und ein Kinderbuch publiziert. Gottfriedsons Gedichte sind seinen Bänden *Clinging to Bone* und *deaf heaven: poems* entnommen.

Inge Israel (1927-2019)
Israel wurde in Deutschland als Kind russisch-polnischer Juden geboren. Sie wuchs in Frankreich und Irland auf und lebte in Dänemark, bevor sie sich in Kanada niederließ. Ihre ersten Ge-

dichtbände und einen Band mit Kurzgeschichten schrieb sie auf Französisch; später wechselte sie zum Englischen. 1998 wurde sie zum *Chevalier de l'Ordre des Arts et des Lettres* ernannt. Aus ihrem Band *Unmarked Doors* wurden die Texte für diese Anthologie ausgewählt.

Pamela Porter (*1956)

Porter wurde in Albuquerque, New Mexico, geboren und lebte in den USA, bevor sie mit ihrem Mann nach Kanada emigrierte; sie leben in British Columbia. Sie hat mehrere Gedichtbände sowie zwei Versromane und Bücher für Jugendliche publiziert, die vielfach ausgezeichnet wurden. Sie unterrichtet an der University of Victoria und engagiert sich für die Rettung und den Schutz von Tieren. Porters Gedichte sind ihrem Band *Likely Stories* entnommen.

Inhalt

Reihen im Leipziger Literaturverlag

- neue lyrik
- neue prosa
- neue szene
- bibliothek OSTSÜDOST
- bibliothek WESTNORDWEST
- portugiesische bibliothek
- älteste dichtung und prosa
- bücher für klein und groß
- essay
- graphik + art
- fotografie
- dokumentation
- die stimme des autors – hörbuch
- poesiefilm

Unser gesamtes lieferbares Programm, Biobliographien, Leseproben, Rezensionen, Hörbeispiele, Kurzfilme und viele weitere Informationen finden Sie im Internet:

www.sisifo.de
www.leipzigerliteraturverlag.de
www.krautbuch.de
www.inskriptionen.de

49 Cyprian Kamil Norwid, Über die Freiheit des Wortes
50 Marina Zwetajewa, Mit diesem Unmaß im Maß der Welt
51 Viktor Kalinke, Welcher König hat hier gehaust
52 Mile Stojić, Cherubs Schwert
53 Martin Jankowski, Sekundenbuch
54 Milan Mladenović, Kind aus dem Wasser
55 Anna Achmatowa, Unsrer Nichtbegegnung denkend
56 Elin Rachnev, Zimt
57 Walter Thümler, Was daraus wird
58 Bahrom Ro'zimuhammad, Ich habe mein Selbst vergessen
59 Momčilo Nastasijević, Sind Flügel wohl ...
60 Brigitte Rath & Slávka Rude-Porubská (Hg.), Verreisen in Versen
61 Charles Reznikoff, Holocaust
62 Konstantin Hanack & Annegret Pannier, Halbjahresversuch
63 Jovan Zivlak, Winterbericht
64 Marina Trumić, Zwischen Warschau und Sarajevo
65 Bella Achmadulina, Viele Hunde und der Hund
66 Klaus Oemichen (Hg.), Es wandern die Zeiten
67 César Leal, Der Triumph der Wasser
68 Katja Winkler, Die besten Jahre
69 Peter Gehrisch, Der glimmende Ring meiner Lichtwissenschaft
70 Angelina Polonskaja, Schwärzer als Weiß
71 Robert Hodel (Hg.), Vor dem Fenster unten sind Volk und Macht
72 Martin Jankowski, sasakananas. Indonesien Material
73 Desanka Maksimović, Ich bitte um Erbarmen
74 Verica Tričković, Im Steinwald
75 Víctor Rodríguez Núñez, Mit einem seltsamen Geruch nach Welt
76 Granaz Moussavi, Gesänge einer verbotenen Frau
77 Mayjia Gille, SEIT TAGEN WARTE ICH IN DEN SAROTTIHÖFEN
78 Walter Thümler, Immer geschieht etwas
79 Milan Hrabal, Eine schimmernde Wabe Glimmer
80 Myron Hurna, Erlkönigs Erlösung
81 Milorad Popović, Scheidewege
82 Cyprian Kamil Norwid, Vade-mecum
83 Gregor Mirwa, Eine Sekunde vor dem Erwachen
84 William S. Merwin, Der Schatten des Sirius
85 udo kawasser, das moll in den mollusken
86 Yvette K. Centeno, Herbstspiegel
87 Luís Filipe Castro Mendes, Fremde Nähe
88 Jean-Michel Maulpoix, Die rote Schwalbe
89 Robert Hodel (Hg.) Sie ging durch Russland...
90 Max Temmerman, Die Geduld der Gärten
91 Kočo Racin, Weiße Dämmerungen
92 Dragana Tripković, Verse aus Sand
93 Regina Jarisch, Herzflug
94 Mayjia Gille, Kurznachricht um acht
95 Angelina Polonskja, Unvollendete Musik
96 Susanne Opfermann & Helm Breinig (Hg.), Gedichte für eine neue Welt

Guillaume Apollinaire, Bestiarium. Aus dem Französischen von Thomas Eichhorn

Billy Collins, Schnee schaufeln mit Buddha. Aus dem Amerikanischen von Ron Winkler

Maurice Genevoix, Nahaufnahme des Todes. Aus dem Französischen von Jürgen Strasser

James Laughlin, Dylan schrieb Gedichte. Aus dem amerikanischen Englisch von von Christine Pfammatter

Jean-Michel Maulpoix:

- Eine Geschichte vom Blau. Aus dem Französischen von Margret Millischer
- Der Geistschreiber. Aus dem Französischen von Jürgen Strasser
- Kommentare zu *Rainer Maria Rilke, Briefe an jungen Dichter.* Aus dem Französischen von Margret Millischer
- Schritte im Schnee. Aus dem Französischen von Margret Millischer
- Die rote Schwalbe. Aus dem Französischen von Margret Millischer

William S. Merwin, Der Schatten des Sirius. Aus dem amerikanischen Englisch von Helmbrecht Breinig und Susanne Opfermann

Bernard Noël, Das Buch vom Vergessen. Aus dem Französischen von Margret Millischer

Susanne Opfermann & Helmbrecht Breinig (Hg.). Gedichte für eine neue Welt. Kanadische Gegenwartslyrik

Charles Reznikoff, Holocaust. Aus dem Amerikanischen von Georg Deggerich

Rainer Maria Rilke, Briefe an eine venezianische Freundin, zweisprachig französisch – deutsch. Aus dem Französischen von Margret Millischer

Shakespeare, Sonette. Aus dem Englischen von Jan Weinert

Paul Tillard, Das Brot der verfluchten Zeiten. Aus dem Französischen von Jürgen Strasser

C. K. Williams, Von nun an. Aus dem Amerikanischen von Walter Thümler

Charles Wright, Worte sind die Verringerung der Dinge. Aus dem Amerikanischen von Stefanie Golisch

Bibliographische Information: Die Deutsche Bibliothek
Die Deutsche Bibliothek verzeichnet dieses Buch in der deutschen Nationalbibliographie, detaillierte Angaben sind erhältlich über http://dnb.ddb.de

ISBN 978-3-86660-262-5

Zur Förderung einer vielfältigen Literaturszene unterstützen wir:

1. Auflage, printed in the European Union.

Umschlaggestaltung nach einer Originalgrafik von Helmbrecht Breinig.
Reihengestaltung: Viktor Kalinke.
Korrektorat: Nikola Deschauer.
Gesetzt aus der Gentium.

Unser gesamtes lieferbares Programm und viele weitere Informationen finden Sie auf **www.leipzigerliteraturverlag.de**